KB201458

일러두기

음반과 노래 제목은 원제를 소리 나는 대로 적되 영문을 함께 표기했습니다.

음악을 제외한 작품은 국내에 소개된 제목으로 표기하되,

국내에 정식으로 수입되지 않았을 경우 원제 그대로 적었습니다.

인명이나 지명은 국립국어원의 외래어표기법을 따르되,

일부 굳어진 명칭은 일반적으로 사용하는 명칭으로 표기했습니다.

단행본과 음반은 《 》, 노래는 「 」, 영화·잡지·신문 제목은 〈 〉로 구분했습니다.

재즈가 너에게

김민주 지음

그날 그곳의 재즈가
오늘 이곳의 당신에게 전하는 위로

북스톤

차 례

그날 그곳의 재즈가
오늘 이곳의 당신에게

"엘라, 사람들에게 재즈를 뭐라고 설명하죠?"
"글쎄요, 제 생각에는… 이렇게 해 보면 어떨까요?"

1976년 그래미 어워드 연단에 오른 엘라 피츠제럴드는 재즈를 설명해 달라는 멜 토메의 질문에 대답 대신 자신의 주특기인 스캣을 들려주었습니다. 스캣scat이란, 메시지가 실린 가사 대신 의미 없는 소리를 즉흥적으로 흥얼거리며 독특한 음악 경험을 선사하는 재즈 고유의 창법이지요.

재즈란 무엇인가― 이 질문은 재즈계에서 아주 오래된 화두입니다. 재즈라는 장르가 본질적으로 품고 있는 모호성과 다양성 때문에, 재즈가 태동한 미국의 뮤지션들과 비평가들조차 재즈를 정의하기 위해 끊임없이 고민해 왔죠. 어떤 이는 재즈가 무엇인지에 대한 답을 역사적 사실에서 찾고, 어떤 이는 음계와 리듬에서, 또 어떤 이는 태도와 정신에서 찾기도 합니다. 하지만 돌고 돌아 결국 그들이 도달하는 답은 '정의할 수 없음'일 때가 많습니다.

　루이 암스트롱은 "재즈가 무엇인지 묻는다면 당신은 결코 재즈를 알 수 없을 것"이라 단언했습니다. 델로니어스 몽크는 "내겐 재즈에 대한 정의가 없다. 그냥 들으면 알 수 있을 뿐"이라고 했고요. 재즈 음악인 최초로 퓰리처상을 수상한 트럼페터 윈튼 마살리스 역시 "그것에는 이름이 없다"고 했을 정도입니다. 이들의 이야기를 듣고 있으면 어떤 단어로도 재즈를 완벽하게 정의할 수 없을 것 같으면서도, 역설적으로 모든 단어가 재즈를 정의하는 데 기여할 수 있지 않을까 하는 생각에 이르게 되죠. 이렇듯 재

즈는 엘라 피츠제럴드의 스캣처럼 글자로 또박또박 적어
낼 수 없는 수수께끼 같기만 합니다.

저 역시 재즈를 정의해야 하는 문제 앞에서 난처해집니
다. 20년 가까이 재즈를 듣고 있고 월간 〈재즈피플〉에 매
달 재즈에 대한 글을 쓴 지도 8년이 되어 가네요. 그런데
재즈를 규정하려는 순간 오히려 재즈의 본질과 멀어지는
듯한 기분이 듭니다.

예를 들어 재즈를 '19세기 말에서 20세기 초 미국 남부,
특히 뉴올리언스에서 탄생한 장르로 블루스와 랙타임의
영향을 받아 즉흥연주 중심으로 발전해 온 음악'이라고 정
의하고 나면, 전통적인 재즈의 흔적을 거의 찾아 볼 수 없
게 변형된 오늘날의 재즈 음악들을 어떤 범주로 묶어야
할지 고민이 생깁니다. 혹은 '블루스 스케일과 모달 스케
일 등 특정 음계를 사용하고, 스윙 리듬이나 폴리 리듬 등
복잡한 리듬 구조를 특징으로 하는 음악'이라 정의하려 하
면 명확한 음계나 리듬이 존재하지 않는 앰비언트 재즈

음악들이 곧장 떠오릅니다. 그렇다고 재즈를 '자유와 창조 정신을 추구하는 음악'이라는 식으로 정의하자니 자유, 창조, 혁신, 변화, 그게 과연 재즈만의 것인가 싶어 고개를 젓게 되죠.

그럼에도 재즈가 어떤 음악인지 반드시 정의해야만 한다면, 저는 이렇게 말하곤 했습니다. 재즈란 한마디로 '지금 여기의 음악'이라고 말입니다.

지금 여기의 음악. 이는 재즈가 탄생한 순간부터 지금까지 쉬지 않고 변화해 온 음악이라는 의미입니다. 또한 연주자가 어제 연습한 것을 오늘도 내일도 똑같이 재현하는 음악이 아니라, 그 순간과 공간에 따라 매번 달라지기 위해 노력하는 음악이라는 뜻이기도 합니다. 심지어 같은 밴드가 같은 날에 같은 곡을 연주하더라도 그렇습니다. 예컨대 빌 에반스 트리오가 '빌리지 뱅가드 클럽'에서 공연한 실황 음반에는 「왈츠 포 데비Waltz for Debby」가 두 차례 실렸는데, 같은 날 같은 장소에서 연주했는데도 그 분위기가 미묘하게 달라 감상에 묘미를 더합니다.

매번 달라지기 위해서는 어떻게 해야 할까요.

여러 방법이 있겠지만 우선 마음가짐이 경직되면 안 될 것 같습니다. 변화에 유연해야 하죠. 필요하다면 계획에서 벗어날 줄도 알고요. 연주하는 순간의 감정, 분위기, 청중의 반응, 공연장의 온도나 음향 상태까지, 현장에서 마주하는 모든 변수에 마음을 열고 그 자극을 연주에 반영해야 하는 것이죠. 정해진 틀이나 악보가 아니라 '지금 여기'에 반응하면서 말입니다.

아예 처음부터 아무것도 정하지 않고 연주에 들어가는 방법도 있습니다. 이는 재즈에서 가장 도전적인 표현 방식인 완전한 즉흥연주improvisation를 의미합니다. 이때에는 어떤 상황에서도 자신이 원하는 바를 정확히 표현할 수 있을 만큼 깊이 있는 음악적 훈련과, 자기 내면에서 즉흥적으로 우러나오는 연주가 청중의 마음을 울릴 수 있다는 굳건한 예술적 확신이 필요합니다.

이렇듯 재즈는 결코 고정된 형태로 존재하지 않으며, 현재성과 즉흥성을 본질 삼아 예술가의 자아성찰을 통해

부단히 진화해 온 음악입니다. 따라서 매 순간 새로운 표현이 요구되는 즉흥연주는 단순한 이론적 기법을 넘어 재즈의 철학적 태도라 할 수 있습니다. 많은 이들이 재즈가 음반 속에 박제되어 있을 때가 아니라 라이브 무대 위에서 가장 빛난다고 느끼는 것은 이런 이유에서입니다.

이전 책 《재즈의 계절》에서 저는 재즈의 즉흥성을 창조의 한 가지 방법론으로 제안했습니다. 재즈가 영화·미술·사진·디자인·경영학·요리·향수 등 다양한 분야에 미친 영향을 살피며, 재즈적인 태도가 창작자에게 왜 중요한지를 설명하고 싶었죠. 또 익숙한 영화나 미술 작품을 통해 재즈를 어려워하는 독자들에게 재즈의 매력을 친근하게 소개하고도 싶었습니다.

그런데 어떤 아쉬움이 남더군요. 다른 예술 분야와의 연관성으로 재즈를 설명하려는 시도가, 자칫 재즈의 진정한 아름다움을 충분히 전달하지 못하는 제약이 되지는 않았나 하는 생각이 들었습니다. 재즈의 즉흥성이란, 단순히 창작 방법론의 차원을 넘어 더 근원적인 무언가를 품고 있다고 믿으니까요.

그래서 저는 재즈라는 음악이 가장 영롱하게 반짝이는 곳으로 시선을 돌렸습니다. 아늑하고 안전한 녹음실이 아닌 온갖 변수가 난무하는 공연장에서 펼쳐진 즉흥의 세계— 그 마법 같은 순간과 공간 속에서 재즈는 어떤 이야기를 하고 싶었을지 귀를 기울였습니다.

《재즈가 너에게》는 바로 그곳에서 길어올린 이야기들을 담은 책입니다.

이제 당신은 이 책을 통해 매달 한 통씩 '재즈'라는 이름의 음악이 전 세계 도시를 돌아다니며 당신에게 보내는 편지를 읽게 될 것입니다.

1월에는 전석이 매진된 콘서트를 시작하기 직전 피아노가 고장 났다는 사실을 알게 된 '키스 자렛의 재즈'로부터, 2월에는 공연 중 노래 가사를 잊어버린 '엘라 피츠제럴드의 재즈'로부터, 6월에는 자신이 애정하던 베이시스트와 영영 이별할 줄 꿈에도 모른 채 아름다운 합주를 펼친 '빌 에반스의 재즈'로부터, 마지막으로 12월에는 스무 살 차이가 나는 어린 후배들과 함께 새로운 실험을 펼치던 '마일스 데이비스의 재즈'로부터 말이죠.

열두 편의 편지를 찬찬히 읽다 보면, 재즈가 무엇인가 하는 질문에 당신만의 답도 살며시 떠오르리라 생각합니다. 라이브 무대에 오른 음악가들이 재즈의 역사에 새겨 넣은 이야기에는, 온갖 위험과 장애물이 도사리는 현실을 오히려 창조의 기회로 삼아 도약하는 재즈 정신의 에센스가 담겨 있으니까요.

비단 재즈뿐일까요. 스물여섯 살의 미켈란젤로는 다른 조각가들이 거절했던 결함투성이 대리석으로 다비드상을 완성했습니다. 노년의 앙리 마티스는 극심한 관절염으로 더는 붓을 들지 못하게 되자 붓 대신 가위를 가지고 색종이를 오려 붙이는 컷아웃 기법을 고안했고요. 예술사의 명장면은, 아니 삶의 모든 명장면은 이렇듯 자신 앞에 나타난 물웅덩이를 뛰어넘는 순간 탄생합니다.

그래서 저는 그날 그곳의 재즈가 오늘 이곳을 살아가는 당신에게도 반드시 들려줄 이야기가 있다고 생각합니다. 돌이킬 수 없을 것만 같은 실수 속에서도 얼마든지 새로운 길을 찾을 수 있다는 진실을 일깨워 주고, 예측할 수 없는 불완전한 삶에서도 자신만의 리듬과 하모니를 지킬 용기를 전할 수 있다고 말입니다. 우리의 하루하루 또한 완벽히 계획된 악보 위에 있지 않고, 매 순간 즉흥적으로 펼쳐지는 하나의 재즈 공연과도 같으니까요.

재즈 콘서트에 얽힌 이야기를 다루는 이 책이 제가 가장 사랑하는 음반 《더 쾰른 콘서트The Köln Concert》의 발매 50주년에 맞물려 출간된다는 점은 개인적으로 더없는 영광입니다. 가능하다면 비 내리던 1975년 1월 24일, 쾰른의 깊은 밤에 펼쳐졌던 키스 자렛의 즉흥연주를 들으면서 다음 장을 펼쳐 주시면 좋겠습니다.

그날의 아름다운 기적이 당신의 삶에도
고요히 찾아들기를 바라며

Dear _____

From Jazz

당신을 위해 준비한
플레이리스트

즉흥연주의 비결은
잊어버리는 것

고장 난 피아노로 만든 아름다운 기적,
키스 자렛의 쾰른 콘서트

KEITH JARRETT

생각하는 과정을 끄려고 노력합니다.
내게 손이 있다는 사실조차
망각하고 싶습니다.

키스 자렛
〈뉴욕타임스〉 인터뷰 (1979)

당신에게 처음 편지를 씁니다.

아침 일찍 일어나 커피를 내리면서도 편지에 어떤 이야기를 담으면 좋을까― 그것만 생각한 거 있죠? 당신이 재즈의 어떤 면을 좋아할지 고민해 보면서요. 잘은 모르지만 그래도 짐작할 수는 있어요. 즉흥연주. 아마 당신은 즉흥연주의 매력에 이끌려 재즈의 세계에 들어왔을 겁니다. 저도 그랬거든요.

특히 작은 클럽에서 공연하는 재즈 뮤지션을 본 적이 있다면 더욱 그렇겠죠. 정해진 악보도 형식도 벗어던진 채 오직 순간의 감정에만 집중해서 새로운 멜로디를 만들어 내는 모습. 그건 정말이지 처음 보는 누구라도 반할 만큼 환상적이니까요.

즉흥연주는 마냥 자유로워 보여도 그 안에 재즈라는 음

악에 대한 깊은 이해와 숙련이 숨어 있습니다. 때로는 즉흥연주가 마치 미리 쓰인 곡처럼 완성도가 있다고 느껴지는 것도 그런 이유 때문일 거고요.

그렇다 보니 간혹 사람들은 숨겨진 마술 트릭을 찾아내겠다는 표정으로 혹시 저 연주자가 사전에 준비한 곡을 시치미 떼고 연주하는 게 아닐까 의심하기도 합니다. 「플라이 미 투 더 문Fly Me to the Moon」처럼 잘 알려진 곡의 중간에 여덟 마디의 짧은 즉흥연주를 들려주는 건 어떻게 가능하다고 쳐도, 어떤 연주자는 10분 20분 넘는 시간을 즉흥연주로만 채우기도 하는데 과연 그게 트릭 없이 가능할까 싶은 거겠죠.

하지만 당신도 곧 알게 될 겁니다. 재즈의 세계에서는 모두의 상상을 뛰어넘는 마법 같은 일이 종종 벌어진다는 사실을요. 1975년 1월, 독일 쾰른의 오페라하우스에서 있었던 일이 특히 그랬습니다.

그날의 주인공인 미국의 피아니스트 키스 자렛은 오직 즉흥연주로만 한 시간을 채우는 콘서트를 앞두고 있었어

요. 그런데 공연 직전, 피아노가 고장 났다는 사실을 알게
됐습니다. 몇몇 건반에서 소리가 나지 않는 데다가 페달도
망가진 상태였어요. 이런 상황에서라면 설령 얼마간 구상
해 둔 연주 계획이 있다 해도 소용이 없었겠죠.

그런데도 그가 고장 난 피아노로 들려준 그날의 무대는
재즈 역사상 가장 아름다운 즉흥연주로 기록되었답니다.

도대체 어떻게 가능했을까요? 당신에게 그날의 이야기
를 들려주고 싶어요.

그날은 평범한 하루였습니다.

쾰른을 가르는 라인 강변의 빵집들마다 갓 구운 프레첼
냄새가 가득했고, 호엔촐레른 대교를 건너는 통근 열차는
여느 때처럼 붐볐죠. 겨울비가 추적추적 내리기는 했지만
그 도시에선 흔한 날씨였어요.

다만 특별한 게 하나 있었어요. 라인강 근방, 도심의 번
잡함에서 살짝 비껴난 곳에 자리한 '쾰른 오페라하우스'의
게시판 말이에요. 거기엔 오늘 밤 키스 자렛이 이곳에서

콘서트를 연다는 공지가 있었습니다. 그의 주특기인 즉흥 연주를, 다른 악기의 도움 없이 피아노 한 대로 한다고 말이죠.

이 콘서트는 그간 정통 오페라만을 고집해 온 이 공연장에서 처음으로 열리는 재즈 콘서트였습니다. 황금 시간대는 모두 오페라 작품들이 차지한 바람에 남은 시간대가 형편없었어요. 밤 11시 30분에 공연을 시작한다니, 정말 너무하지 않아요? 놀라운 건 그런 불편에도 1400석이나 되는 객석이 일찌감치 매진됐다는 사실이에요. 음악의 도시 쾰른의 시민들이 키스 자렛에게 보내는 관심은 그만큼 뜨거웠습니다.

그도 그럴 것이, 키스 자렛은 당시 재즈계의 스타로 떠오르고 있었습니다. 들려오는 소문부터 남달랐죠. 세 살에 피아노를 시작해 일곱 살에 정식으로 클래식 리사이틀을 열었다죠. 절대음감은 물론 예민한 음악성까지 타고난 클래식 신동이었던 거예요. 그러던 그가 재즈에 빠진 후로는 아무도 말릴 수 없었나 봅니다. 버클리 음대를 중퇴하고 재즈에만 몰두하겠다며 뉴욕으로 향했으니까요. 아트 블래키, 찰스 로이드, 마일스 데이비스 같은 까다로운 재즈 거장들의 피아니스트로 발탁됐고, 놀라운 속도로 솔로 아티스트로 거듭났죠.

특히 현대 재즈의 명가 ECM에서 발매한 앨범 《페이싱 유Facing You》가 재즈 팬들 사이에서 큰 반향을 일으켰어요. 피아노 한 대만으로 녹음된 스튜디오 음반인데, 재즈의 전통적인 틀에서 벗어나 클래식, 포크, 전위음악을 자유롭게 섞은 그만의 독특한 스타일이 매력적인 작품이죠.

ECM의 수장 만프레드 아이허는 이 음반에서 키스 자렛이 보여 준 즉흥연주자로서의 가능성을 한눈에 알아보고 키스 자렛의 솔로 피아노 즉흥연주 콘서트를 기획했습니다. 이날의 쾰른 콘서트도 만프레드 아이허가 함께하는 유럽 투어의 일부였죠.

상황은 순조롭게 흘러갔습니다. 천재적인 피아니스트를 환영하는 쾰른의 시민들, 그 기쁨을 반영하는 전석 매진, 공연에 대한 기대감을 높이는 언론의 호응까지…. 하지만 앞선 투어를 마치고 쾰른에 도착한 키스 자렛과 만프레드 아이허가 무대 위 피아노를 마주한 순간, 모든 게 달라지고 말았습니다.

"피아노를 바꾸지 않는다면 오늘 밤 연주는 힘들겠습니다."

만프레드 아이허의 단호한 목소리가 공연장에 울려 퍼졌습니다. 그 한마디에 리허설 현장의 공기가 순식간에 얼어붙었죠. 방금 전까지 피아노에 앉아 상태를 점검한 키스 자렛 역시 굳은 표정으로 침묵할 뿐이었어요. 공연 시작을 고작 몇 시간 앞두고 일어난 청천벽력 같은 선언. 하지만 관계자들 중 누구도 쉽사리 입을 열지 못했어요. 무대 위에는 키스 자렛이 콘서트를 위해 요청한 피아노 대신 엉뚱한 피아노가 놓여 있었거든요.

키스 자렛이 지정한 피아노는 뵈젠도르퍼 290 임페리얼 콘서트 그랜드 피아노였습니다. 클래식 작곡가 페루치오 부조니의 제안으로 개발된 명품 중의 명품 피아노죠.

무게가 무려 552kg에 달하고 일반적인 피아노 건반보다 9개나 더 많은 97개의 건반을 가진 대형 피아노로, 자동차로 치면 롤스로이스 급이라고나 할까요.

현장에 있던 피아노도 뵈젠도르퍼 모델이긴 했어요. 하지만 콘서트용이 아닌 리허설용으로 사용되는 베이비 그랜드 피아노였죠. 더 심각한 문제는 피아노의 관리 상태였습니다. 건반 몇 개는 아예 소리가 나지 않았고 페달도 제대로 작동하지 않았어요. 그나마 상태가 괜찮은 건반에서도 너무 작고 얇은 소리가 났죠.

키스 자렛이 얼마나 지독한 완벽주의자인지 안다면, 당신도 가슴이 조마조마할 거예요. 그는 연주 중에 객석에서 기침 소리만 나도 공연을 중단해 버릴 만큼 예민하기로 유명하죠. 더욱이 그날 키스 자렛의 컨디션은 최악이었어요. 빡빡한 투어 일정으로 잠도 제대로 못 잤는데, 먹은 음식에 문제가 있었는지 식중독 증세까지 겪고 있었거든요. 안 그래도 피곤한데 고장 난 피아노를 연주하라니, 그 까다로운 키스 자렛이 수락할 리 없었죠. 아니, 어떤 피아니

스트라도 이런 조건에서는 연주를 거절했을 거예요.

이 순간 가장 절망스러운 사람은 누구였을까요? 공연을 기획하고 추진한 사람? 피아노 조달을 책임진 사람? 만약 제가 그 입장이었으면 어땠을지 생각하니 숨이 턱 막히는 듯합니다.

그 자리에 있던 베라 브란데스라는 18세 소녀가 바로 그랬습니다. 그녀는 이번 콘서트를 직접 기획하고 홍보한 독일의 최연소 공연 기획자로, 키스 자렛이 연주할 피아노를 책임지고 준비할 임무를 맡고 있었어요.

물론 베라는 키스 자렛이 지정한 피아노 정보를 공연장 측에 잘 전달했어요. 문제는 공연장 직원이 무대 뒤편에 방치되어 있던 뵈젠도르퍼의 베이비 그랜드 피아노를 키스 자렛이 요청한 피아노라고 착각해 버렸다는 겁니다. 베라는 '공연장에 피아노가 있으니 안심하라'는 말만 믿고 직접 확인하지 않았고요. 그게 그녀의 실수였어요.

비록 나이는 어렸지만 베라는 당찬 기획자였습니다. 음

악을 좋아하는 부모님 덕분에 어릴 때부터 여러 연주회를 접하며 또래는 물론 어른들보다도 뚜렷한 음악적 안목을 갖췄죠. 그 자신감으로 열다섯 살 때부터 콘서트 기획에 뛰어들었고, 여러 공연을 흥행시키며 실력을 입증했어요. 이번 콘서트는 그녀가 기획한 일명 '뉴 재즈 콘서트'의 다섯 번째 프로그램이었습니다.

하지만 일이라는 게 참 호락호락하지 않죠. 이번에도 전석 매진을 이뤄 낸 베라의 야심찬 기획이 한순간에 취소 위기에 처했으니 말입니다. 만프레드 아이허가 공언한 대로, 피아노를 교체하지 않는 한 키스 자렛은 무대에 오르지 않을 테니까요.

"이제 어떡하지? 관객들에게 공연이 취소됐다고 알려야 하나…."

다른 관계자들이 슬슬 포기하려고 할 무렵, 베라 브란데스는 눈을 똑바로 뜨고 정신을 차렸어요. 그러고는 즉시 쾰른 시내에 있는 모든 공연장과 악기점에 연락을 돌리기 시작했죠.

"혹시 뵈젠도르퍼 290 임페리얼 콘서트 그랜드 피아노가 있나요?"

"네, 그렇습니다만… 왜 그러시죠?"

여러 번의 전화 끝에 마침내 키스 자렛이 원하는 피아노를 찾아냈을 때, 베라 브란데스는 '그럼 그렇지, 내가 해냈어'라며 잠시나마 안도의 미소를 지었을까요. 하지만 불행히도 결과는 좋지 않았습니다. 그 피아노를 옮길 만한 큰 트럭을 몇 시간 안에 준비할 수가 없었거든요. 설상가상으로 아침부터 내리던 빗줄기가 그사이 더 굵어졌고, 조율사는 이런 날씨에 그런 값비싼 피아노를 운반했다가는 피아노가 심하게 망가질 거라고 경고했죠.

베라 브란데스의 기지로 마지막 희망을 품었던 관계자들의 낯빛은 다시 어두워졌고, 키스 자렛과 만프레드 아이허의 인내심도 한계에 달한 것 같았습니다. 필사적인 노력이 허무하게 수포로 돌아가고, 공연이 불가능하다는 현실을 인정할 수밖에 없는 순간이 오고 만 거예요.

"이제 호텔로 돌아가고 싶습니다."

피아노를 구하는 데 실패했음이 확실해지자, 키스 자렛은 천천히 발걸음을 공연장 밖으로 돌렸습니다. 베라는 얼른 공연장에 있던 남자 형제에게 그를 호텔까지 차로 바래다 달라고 부탁했어요. 그간 예술가들의 편의를 위해 몸에 익힌 습관대로 반응한 것이었죠.

그런데 베라는 문득 이 상황의 의미를 깨닫기 시작했습니다. 이대로 키스 자렛을 호텔로 보내 버리면 오늘 밤 공연 취소를 더는 돌이킬 수 없다는 사실을 알아차린 거죠. 어느새 키스 자렛은 조수석에 올라타 있었어요. 비는 여전히 쏟아지는 중이었고요.

"잠깐만요!"

베라는 우산도 없이 허겁지겁 오페라하우스의 계단을 뛰어 내려가서 차 앞을 막아섰어요. 그러고는 조수석 문을 열고 키스 자렛을 똑바로 쳐다봤죠. 마지막으로 용기를 내기 위해서 말이에요.

"당신이 오늘 밤 연주를 하지 않는다면 저는 정말 곤란해질 거예요. 그리고, 당신 또한 그러리라고 생각해요."

키스 자렛은 눈도 깜빡이지 않고 베라의 얼굴을 한동안 쳐다봤어요. 그녀의 앳된 얼굴에선 눈물과 빗물이 뒤엉켜 흐르고 있었죠. 이 침묵이 영원히 이어질 것만 같던 그때, 마침내 키스 자렛은 무언가 결심한 듯 입을 열었어요.

"알았어, 연주하지. 하지만 잊지 마. 이건 오직 널 위해서 하는 거야."

✳

드디어 자정을 30분 남긴 시각.

객석을 밝히던 조명이 어두워지고 무대 위 고장 난 피아노만이 밝게 빛나는 가운데 키스 자렛이 천천히 걸어 나와 의자에 앉았어요. 관객들은 이 뮤지션이 얼마나 지쳤는지, 그리고 저 피아노가 어느 정도로 나쁜 상태인지 알지 못했죠. 그저 눈앞에 보이는 한 명의 피아니스트와 한 대의 피아노 사이에 만들어지고 있는 어떤 기류랄까, 설명할 수 없는 긴장감을 함께 느낄 뿐이었어요.

CONCERT
키스 자렛 '쾰른 콘서트'
1975년 1월 24일 금요일
쾰른 오페라하우스

ALBUM
《더 쾰른 콘서트
〈The Köln Concert〉》
(ECM, 1975)

SONG FOR YOU
「더 쾰른 콘서트, 파트 원
〈The Köln Concert, Part I〉」

그리고 마침내 시작되는 연주. 첫 소절은 매우 놀라웠답니다. 키스 자렛이 연주한 첫 멜로디는 쾰른 오페라하우스 로비에서 공연 시작을 알릴 때 울리는 종소리와 같았거든요. 그걸 알아챈 몇몇 관객들은 연주를 듣자마자 기분 좋은 웃음을 터뜨렸죠.

키스 자렛이 음악으로 전한 그 잠깐의 유머는 말이죠. 본인이 방금 들은 소리를 즉각 연주에 반영할 수 있다는 즉흥연주자로서의 역량을 간결하게 드러낸 것이기도 했지만, 그때까지도 공연장에 남아 있던 경직된 분위기를 순식간에 녹여 버리는 위로처럼 들렸습니다. 관객들은 물론 오늘 하루 이곳에서 피아노 문제로 애를 태운 모든 사람들을 위한 선물 같았죠.

아니, 그건 어쩌면 키스 자렛이 말한 대로 누구보다도 자신을 이 피아노 앞에 앉히기까지 노력했던 기획자, 베라 브란데스 한 명을 위한 멜로디였는지도 모르겠어요. 이 공연이 열릴 수 있었던 건 마지막까지 포기하지 않았던 그녀의 의지 덕분이잖아요. 자신의 실수를 변명 없이 인정하고 그 즉시 문제를 해결하기 위해 피아노를 찾아 헤맨 노력, 비를 맞으며 차를 막아선 용기, 무엇보다도 자신이 맡은 일에 끝까지 책임을 다하려는 태도. 그것들이 키스 자렛의 마음을 움직인 것이니까요.

그렇게 시작된 첫 번째 즉흥연주는 26분이나 이어졌습니다.

그 긴 시간 동안 키스 자렛은 소리가 나지 않는 건반은 일절 건드리지 않고, 약한 저음역대 건반 대신 고음역대 건반 위주로 연주했어요. 피아노의 약점을 감추는 지혜로운 연주였죠. 곡을 구성하는 전략도 놀라웠습니다. 피아노의 제약 때문인지 한두 개의 코드를 반복하는 뱀프를 주로 활용했는데, 자칫 단조롭게 느껴질 수 있다는 걸 의식했는지 음악 속에 실려 나오는 정서를 시시각각 바꾸면서 관객들의 마음을 이리저리 움직였거든요. 그의 손가락 끝에서 흘러나오는 멜로디는 아래로 침잠하듯 깊고 무겁게 가라앉다가도, 돌연 피어오르는 환희를 주체할 수 없다는 듯 활기차게 바뀌었어요. 마침내 키스 자렛 스스로도 완전히 자신의 음악에 몰입했습니다. 그는 물이 끓어올라 달구어진 주전자처럼 신음하고, 폭풍을 알리는 천둥처럼 쿵쿵 발을 굴렀어요. 극소수의 민감한 관객들을 제외하면 누구도 그가 온전치 못한 피아노를 연주하고 있다는 사실을 알아채지 못했죠.

한 차례 숨을 고르고 시작된 두 번째 즉흥연주는 15분간 이어진 환희의 서사시였어요. 피아노의 한계에 완전히 적응한 듯, 키스 자렛은 첫 번째 연주에서보다 훨씬 더 자유롭고 대담한 음악 여정을 펼쳐 나갔습니다. 도입부에서부터 생동감이 넘쳤어요. 그의 손가락은 건반 위에서 탭댄스를 추듯 움직였고, 음악에 완전히 동화된 관객들이 온몸을 스윙하며 만든 파도가 객석에 철썩였습니다. 중간 부분에 이르러 한껏 절정에 달한 연주는 돌연 고요해졌어요. 잠깐의 정적, 그리고 키스 자렛은 첫 번째 즉흥연주에서 선보였던 친숙한 테마를 다시 한 번 소환했습니다. 이 작은 반복만으로도 관객들은 긴 여정을 마치고 집으로 돌아온 듯한 안도감을 느끼며 감동했어요.

세 번째 즉흥연주는 키스 자렛의 내면에 일고 있는 폭풍을 묘사한 것 같은 18분간의 연주였어요. 도입부의 분위기는 고요한 편이었지만 마이너한 코드톤 때문에 평온하다기보다는 미묘한 긴장감이 느껴졌죠. 곡은 서서히 발전하다가 순식간에 감정을 고조하며 절정을 향해 내달렸어요. 공연 내내 단순한 코드 진행을 유지하고 있는데도, 복잡하고 비전형적인 화성 때문인지 도무지 손에 잡히지 않는 음악이 계속되었죠.

　비로소 마지막 음이 울려 퍼졌을 때, 관객들은 그 잔향을 음미하려는 듯 숨을 죽였습니다. 그러고는 이내 폭발적으로 환호하며 박수를 보냈죠. 의자에서 일어나 관객들에게 고개 숙이는 키스 자렛의 얼굴에는 피곤함 속에서도 깊은 만족감이 묻어났습니다. 자정이 한참 지난 새벽이었지만 관객들은 앙코르를 요청하지 않을 수 없었어요. 이윽고 7분가량의 연주가 이어졌죠. 사전에 작곡된 곡을 재해석한 이 마지막 곡을 제외하면, 무려 한 시간에 달하는 즉흥연주가 유성우처럼 쏟아진 밤이었어요.

"즉흥연주를 위한 당신만의 비결이 있나요?"

퀼른 콘서트 이후 즉흥연주의 거장으로 우뚝 선 키스 자렛에게 사람들은 도대체 어떻게 그런 마법을 부릴 수 있느냐고 물었습니다. 키스 자렛은 그때마다 매번 비슷하게 답했어요. 어느 다큐멘터리에서는 "내가 아무것도 할 수 없는 문제가 연이어 생길 때면 하던 일을 점차 잊어버리기 시작하는데, 그게 바로 즉흥연주의 비결 중 하나"라고 했고, 어느 인터뷰에서는 "생각하는 과정을 끄려고 노력한다. 내게 손이 있다는 사실조차 망각하고 싶다"고도 했죠.

그러니까 결론은, 잊어버린다는 거예요. 몰입을 방해하는 수많은 제약과 핑계를 머릿속에서 몰아내는 것. 그것이 그가 말하는 창조의 비결인 거죠.

그날 퀼른에서 키스 자렛이 마침내 해낸 것과 다르게, 우리는 앞에 놓인 불리한 조건들을 너무 많이 의식하는 건 아닐까요. 도구가 완벽하지 않아서, 몸이 피곤해서, 상황이 내 뜻대로 흘러가지 않아서…. 하지만 비 내리는 겨울밤, 키스 자렛이 쾰른에서 들려준 연주와 그 뒷이야기는 우리에게 다른 진실을 가르쳐 준다고 생각해요. 진짜 문제는 우리가 의식하는 그 대상에 있지 않다고. 오히려 그 제약들을 잊어버리고 새로운 가능성을 발견하려는 자세만이 문제를 해결하는 유일한 길이라고 말이에요.

혹시라도 지금 당신을 괴롭히는 어려움이 있다면, 잠시 다 내려놓고 잊어버리는 연습을 권하고 싶습니다. 그리고 지금 이 순간 당신의 마음이 이끄는 대로 움직여 보는 거예요. 어쩌면 그 첫걸음이 모든 걸 해결해 줄지도 몰라요. 강물에 띄워진 종이배가 이리저리 바위에 부딪히고 물살에 흔들리면서도 올곧게 바다를 향해 나아가는 것처럼 말이에요.

                              1975년 1월의 쾰른,
                    고장 난 피아노로 만든 기적을 기억하며

추신. 당신이 피아노를 연주할 줄 안다면 관심이 있을 만한 이야기가 하나 더 있습니다. 이날의 연주가 15년쯤 뒤에 악보로 발매되었거든요. 혹시 호기심이 생긴다면 이 악보를 구해서 그날의 기적을 당신의 손으로 재현해 보는 것도 좋을 거예요.

다만, 키스 자렛이 전한 이야기는 꼭 염두에 두세요.

"1975년 ECM에서 《더 쾰른 콘서트》 녹음이 발매된 이후 피아니스트, 학생, 음악학자 및 기타 여러 사람들로부터 이 음악을 출판해 달라는 요청을 받아 왔습니다. 다른 사람들도 연주할 수 있게 해 달라는 것이었죠. 저는 적어도 두 가지 이유로 굳건히 거부해 왔습니다. 첫째, 이는 특정한 밤에 완전히 즉흥적으로 연주된 콘서트였고, 순간적으로 나타난 것과 마찬가지로 빠르게 사라져야 한다고 생각했습니다. 둘째, 녹음에 담긴 많은 부분을 악보로 옮기는 것이 거의 불가능했기 때문입니다. (…) 우리가 알고 있는 악보 표기법 중 어느 것도 이 곡의 많은 부분에 정확히 들어맞지 않아서, 악보 표기가 정확성을 저해할 수 있다고 판단했습니다. 정확하게 표현하려면 거의 모든 음표에 표기를 해야 할 정도입니다. (…) 그러니까 말하자면 우리는 즉흥연주의 사진(미술 작품의 인쇄본 같은 것)을 보고 있는 것입니다. 악보로는 그 안의 깊이를 볼 수 없고, 단지 표면만 볼 수 있습니다.

이 모든 이유로, 저는 《더 쾰른 콘서트》를 연주하려는 모든 피아니스트들에게 악보가 아닌 녹음을 최종 참고자료로 사용할 것을 권합니다."

실수를 환영하는
유일한 음악

가사를 잊어버린 실수를 극복하다,
엘라 피츠제럴드의 베를린 콘서트

ELLA FITZGERALD

홀로 무대에 올랐을 때
노래를 모른다면 길을 잃게 됩니다.
그땐 스스로 길을 찾아야 하죠.

엘라 피츠제럴드
캐나다 TV 프로그램 〈시티 라이츠〉 인터뷰 (1974)

벌써 2월이네요.

이맘때가 되면 빨리 봄이 왔으면 하는 조급함 때문인지 현재에 온전히 집중하는 게 어렵게 느껴져요. 그러지 말아야지, 마음을 다잡으며 당신에게 편지를 씁니다.

얼마 전에 당신이 지나가듯 했던 말이 생각나네요. 재즈와 클래식은 정말 다른 것 같다고요.

너무 단순하게 비교해서는 안 되겠지만, 그래도 두 음악을 나란히 놓고 비교해 보면 각각의 음악이 지닌 매력이 더 선명해지는 것 같죠. 아마 당신도 재즈라는 음악을 더 잘 이해해 보려고 노력하다가 클래식과의 차이에 주목했으리라 생각합니다.

정교하게 짜인 악보를 따라 완성도 높은 연주를 추구하는 클래식과 달리, 재즈는 연주자의 순간적인 영감에 따라 계획된 행로에서 이탈하는 것을 허용하고, 심지어 실수조차 새로운 음악적 가능성으로 받아들이는 음악이에요. 피아니스트 빌 에반스도 '재즈에서 실수란 창의적인 즉흥연주를 할 또 하나의 기회일 뿐'이라고 말한 적이 있죠.

그래서 오늘은 재즈 콘서트 무대에서 벌어진 실수 중에서 가장 유명한 일화를 준비했어요. 1960년 2월, 베를린에서 열린 엘라 피츠제럴드의 콘서트 이야기입니다.

누가 상상이나 했을까요? 수십 년간 노래해 온 가수가 공연 도중 가사를 잊어버릴 거라고 말이죠. 하지만 그날, 전성기를 누리던 25년 경력의 엘라 피츠제럴드가 바로 그런 실수를 했답니다. 그리고 그녀의 예상치 못한 실수는 오히려 관객들에게 영원히 잊지 못할 선물이 되어 버렸죠. 그 이야기를 시작해 볼게요.

그즈음의 베를린은 유난히 차가웠어요.

늦겨울의 찬바람 때문만은 아니었을 겁니다. 2차 세계대전의 패전국 독일에는 연합국의 분할 점령으로 냉전의 긴장감이 짙게 드리워져 있었습니다. 이듬해면 '베를린 장벽'이 들어설 거리에서 시민들은 무거운 발걸음을 옮기고 있었습니다.

그 쌀쌀한 도시에 모처럼 따스한 소식이 날아들었어요. 바로 엘라 피츠제럴드의 콘서트 소식이었죠. 빅밴드 스윙부터 비밥까지 섭렵한 재즈의 여왕이 베를린에 온다니, 사람들은 모두 반가워했어요. 그녀의 부드러운 음색과 재치있는 스캣은 전설이 된 지 오래였죠. 티켓을 손에 쥔 베를린 시민들의 걸음에선 오랜만에 활력이 느껴졌고, 거리의 카페에선 엘라의 히트곡들이 쉼 없이 흘러나왔죠. 잠시나마 도시가 다시 살아나는 것 같았어요.

그때 엘라 피츠제럴드는 한 가지 고민에 빠졌어요.

'독일 관객들을 위해 부를 만한 좋은 곡이 없을까?'

독일에 처음 방문하는 데다, 자신이 노래할 무대 '도이칠란트할레'가 독일의 상징적인 공연장이었거든요. 관객이 1만 명이나 들어갈 만큼 공간이 웅장해서 스포츠 경기나 나치 시대의 정치 행사도 종종 열렸던 곳이에요. 말하자면 전쟁 전후 독일의 빛과 어둠이 교차하던 무대였달까요. 그런 곳에서 평소 부르던 노래만 부를 수 없다고 생각한 엘라는 독일 관객들을 위해 특별한 곡이 필요하다고 느꼈습니다.

그리고 마침내 떠오른 곡이 있었어요. 바로 「맥 더 나이프Mack the Knife」였죠.

「맥 더 나이프」는 독일을 대표하는 극작가 베르톨트 브레히트가 쓴 〈서푼짜리 오페라〉의 아리아예요. 작사는 브레히트가, 작곡은 독일 출신의 미국 작곡가 쿠르트 바일이 했죠. 멜로디가 워낙 인상적이라 대중적으로도 큰 인기를 끌었고, 마침 재즈계에서도 사랑받는 곡이었어요. 루이 암스트롱과 바비 대린이 영어로 번안한 가사로 녹음해 발표했거든요.

그러니까 엘라 피츠제럴드는 '재즈'와 '독일'이라는 두 세계의 교집합으로 이 곡을 선택한 것이었죠. 타국을 방문하는 예술가로서 그 나라의 문화를 존중하는 의미로요. 더욱이 이 곡은 그간 남성들만 불러 왔기에, 엘라가 부른다

면 여성 가수 최초가 될 터였습니다. 여러모로 뜻깊은 선
곡이었어요.

문제는 이 곡이 엘라가 자주 불렀던 레퍼토리가 아닌
데다 가사 숙지가 만만찮다는 점이었습니다. 특히 노래 중
반부부터는 극중 캐릭터의 이름들이 연거푸 등장하기 때
문에 높은 집중력이 필요했죠. 칼잡이 맥히스에 의해 살해
당했다는 의심이 드는 루이 밀러를 시작으로 제니 다이버,
수키 토드리, 롯데 레냐, 루시 브라운이 얽히고설킨 오페
라의 드라마를 구어체 말투로 능청맞게 풀어내야 하는 마
의 구간이거든요.

✳

저기 강가에, 작은 예인선이 있어, 그렇지?
시멘트 자루가 천천히 가라앉고 있는 곳 말야
오, 그 시멘트는, (시체를 가라앉히려고) 무게를 더하기 위
한 거야, 친구

CONCERT
엘라 피츠제럴드
'베를린 콘서트'
1960년 2월 13일 토요일
도이칠란트할레

ALBUM
《엘라 인 베를린: 맥 더 나이프
(Ella in Berlin: Mack the Knife)》
(Verve, 1960)

SONG FOR YOU
「맥 더 나이프
(Mack the Knife)」

내기해도 좋아, 우리가 아는 맥히스가 다시 돌아온 거야

There's a tugboat, huh, huh, down by the river don'tcha

know?

Where a cement bag's just a-drooppin' on down

Oh, that cement is just, it's there for the weight, dear

Five'll get ya ten, old Macky's back in town

루이 밀러 소식 들었어? 그가 사라졌대, 자기야

열심히 저금한 돈을 다 찾아서 말이야

그런데 저 맥히스는 선원처럼 돈을 펑펑 쓰고 있잖아

혹시 저놈이 무슨 일을 저지른 건 아닐까?

Now did ya hear 'bout Louie Miller? He disappeared,

babe

After drawin' out all his hard-earned cash

And now MacHeath spends just like a sailor

Could it be our boy's done somethin' rash?

이제 제니 다이버에, 호오, 수키 토드리도 있고
어머, 롯데 레냐 아가씨에, 루시 브라운 할망구까지
아이고, 줄줄이 이어지네, 자기야
맥히스가 다시 돌아온 거야

Now Jenny Diver, ho, ho, yeah, Sukey Tawdry

Ooh, Miss Lotte Lenya and old Lucy Brown

Oh, the line forms on the right, babe

Now that Macky's back in town

어떤가요? 저는 언뜻 봐도 눈이 핑핑 돌아요. 딱히 반복
되는 후렴구도 없고, 매번 새로운 인물과 상황이 등장하
는 데다가, 모든 것이 간접적인 암시와 은어로 가득차 있
잖아요. 이 노래에 익숙하지 않았던 엘라에게는 완벽한 가
사 암기가 그 자체로 도전이었을 것 같다는 생각이 듭니
다. 어쩌면 엘라는 무대에 오르기 직전까지도 가사를 반복
해 읊으면서 부담을 안고 있었을지 모르겠어요.

마침내 무대의 장막이 걷히고 엘라 피츠제럴드는 첫 곡

「댓 올드 블랙 매직That Old Black Magic」을 부르며 자신 있게 공연의 문을 열었습니다. 베를린 시민들은 박수갈채를 보내며 그녀의 방문을 환영했죠. 이후로도 흠결 없는 무대가 이어졌어요. 「미스티Misty」, 「더 맨 아이 러브The Man I Love」, 「서머타임Summertime」 등 엘라의 감미로운 대표곡들이 관객들을 황홀케 했죠.

이제 독일 방문을 기념하는 「맥 더 나이프」 무대만 잘 넘긴다면 콘서트가 성공하리라는 건 정해진 이치였습니다. 하지만 이 순간을 위해 그토록 공들였던 노력이 무색하게, 엘라의 기억력이 무참히 무너지고 만 것이죠.

미세한 흔들림이 있기는 했지만 그래도 도입부는 무사히 넘어갔어요. 사고는 역시 그 마의 구간에서 터졌습니다. 칼잡이 맥히스와 루이 밀러, 제니 다이버, 수키 토드리 등의 이름들이 마구 뒤섞이는 구절 말이에요. 엘라는 가사를 완전히 잊은 듯 순간 당황한 표정을 지었어요. 그와 동시에 공연장의 공기도 얼어붙었죠.

그런데 바로 그때, 엘라의 입술에서 누구도 예상하지

못한 노랫말이 흘러나왔어요. 그건 엘라가 즉흥적으로 지어 부르는 것이었죠.

오, 이 곡의 다음 가사가 무엇일까요?
지금 부르는 건 내가 모르고 부르는 거예요
이 곡은 스윙 곡이자, 지금은 히트곡이 된 곡이죠
그래서 우리가 들려드리려고 했답니다, 맥 더 나이프!
Oh, what's the next chorus to this song, now?
This is the one now I don't know.
But it was a swinging tune, and it's now a hit tune.
So we tried to do Mack the Knife!

관객들은 믿을 수 없었어요. 자신의 실수를 숨기기는커녕 오히려 그 실수를 망설임 없이 음악의 일부로 끌어안는 대담함. 그건 그야말로 자유로운 재즈 디바의 모습 그 자체였으니까요.
엘라의 즉흥 작사는 계속 이어졌습니다.

오, 바비 대린, 그리고 루이 암스트롱

그들은 이 곡을 녹음했죠, 그리고 해냈죠

하지만 지금 엘라, 엘라와 그녀의 친구들은

망가뜨리는 중이지요, 맥 더 나이프를!

Oh Bobby Darin, and Louis Armstrong

They made a record, oh but they did

And now Ella, Ella, and her fellas

We're making a wreck, what a wreck, of Mack The

Knife!

순간적인 대처라는 게 믿기지 않을 만큼 엘라의 가사는 절묘했어요. 앞서 「맥 더 나이프」를 성공적으로 녹음한 바비 대린과 루이 암스트롱을 소개하며 독일 음악의 세계적 위상을 지혜롭게 상기시켰죠. 동시에 자신의 실수를 유머러스하게 인정하며 얼어붙은 분위기를 부드럽게 풀었고요. 비록 원곡의 가사는 사라졌지만, 리듬과 멜로디만큼은 한 치의 흐트러짐 없이 완벽하게 유지된 놀라운 무대였죠.

베를린 시민들은 뜨거운 응원의 박수를 보냈어요. 그 박수에 힘입어 엘라는 방금 전 언급한 루이 암스트롱을 성대모사하듯 굵은 목소리로 스캣까지 한바탕 선보였고요. 관객들은 이제 완전히 마음이 녹은 듯 웃음을 터뜨렸어요. 어쩌면 그때야말로, 냉전의 긴장 속에 경직되어 있던 베를린 시민들이 처음으로 다함께 따뜻한 웃음을 지은 순간이었는지도 모릅니다.

그해에 발표된 라이브 음반을 통해 이 공연의 감동은 베를린을 넘어 전 세계로 전해졌습니다. 음반 제목에 아예 「맥 더 나이프」라는 곡명이 포함되어 발매되었을 만큼 엘라 피츠제럴드가 가사를 잊어버린 순간은 오히려 이 음반의 상징이 되었죠.

이 음반은 3회 그래미 어워드에서 2관왕을 기록했습니다. 단일 곡 부문에서 '최우수 보컬 퍼포먼스 상'을, 전체 음반 부문에서 '최우수 여성 보컬 퍼포먼스 상'을 받았죠. 나아가 1999년에는 '그래미 명예의 전당'에 오르며 그 가치를 다시금 인정받았습니다. 엘라 피츠제럴드의 가사 실

수를 통해 역설적으로 즉흥성과 무한한 가능성을 지닌 재
즈의 아름다움이 입증되었고, 더불어 전쟁의 상처를 어루
만지는 평화의 메시지가 전해졌다는 이유에서였겠죠.

  만약 엘라 피츠제럴드가 「맥 더 나이프」의 가사를 잊
어버리지 않았다면 어땠을 것 같아요? 물론 훌륭한 무대
가 되었겠지요. 자국의 노래를 비록 영어 가사로나마 온전
하게 숙지하고 소화해 낸 그녀에게 베를린 시민들은 깊은
감동과 고마움을 느꼈을 거예요.
  하지만 완벽한 가사 암기보다 더 의미 있는 것이 있다
면, 바로 청중의 마음을 진정으로 이해하는 것 아닐까요.
엘라는 가사는 잊었을지 몰라도, 냉전의 시대를 지나고 있
는 시민들에게 정말 필요한 것이 무엇인지는 잊지 않았던
것 같아요. 따뜻한 웃음으로 전하는 위로 말이에요.
  엘라가 몸소 가르쳐 준 것처럼, 저는 재즈가 실수를 환
영하는 유일한 음악이라고 생각해요. 잘못을 눈감아 주고
넘어가는 허술한 음악이라는 의미가 아니라, 실수를 극복

하는 과정에 어떤 아름다움이 존재한다고 믿고 그것을 격
려하는 음악이라는 의미로요.

이 공연으로부터 16년 후, 그래미 어워드 연단에 오른
엘라가 재즈가 어떤 음악인지 설명해 달라는 멜 토메의
질문에 특별한 설명 대신 스캣으로 답했다고 했죠. 저는
그 질문에 이렇게 답하고 싶어요. 1960년 2월의 겨울밤,
베를린에서 엘라 피츠제럴드가 부른 「맥 더 나이프」를 들
어 보라고요. 실수를 극복하는 과정조차 음악이 된 순간,
그 안에 재즈의 진정한 정신이 고스란히 담겨 있으니까요.

1960년 2월의 베를린,

엘라의 웃음소리를 떠올리며

MACK THE KNIFE

Berlin

...itzgerald, recorded live in concert,
...panied by The Paul Smith Quartet,
...t West Berlin Deutschlandhalle...

The Lester Young – Teddy Wilson Quartet

The Bridge

"April in Paris"   Count Basie and his orchestra

삶의 마지막 순간까지
놓을 수 없는

스탄 게츠의 라이브 유작,
케니 배런과 함께한
코펜하겐 클럽 공연

STAN GETZ

나는 강박적으로 음악의 완벽함을 추구했다.
삶의 모든 것을 희생하면서까지.

스탄 게츠
악보집 《Stan Getz - Omnibook: for B-flat Instruments》 (2017)

창문을 열어 두었더니 차가운 듯 포근한 듯 오묘한 3월의 공기가 스며들어 옵니다. 거리의 나무엔 싱그러운 연둣빛 잎들이 돋아나는데, 가만 보면 하얗게 빛바랜 마른 잎들도 여전히 매달려 있네요. 겨울과 봄이 교차하는 계절이지요.

매년 이맘때마다 마음이 복잡해지는 걸 보면, 이 계절의 무언가가 우리를 취하게 만드는 게 분명해요. 새롭게 시작될 일들에 마냥 설레다가도 한편으론 지나간 것들이 서글프게 그리워지니까요.

저는 오늘 겨울의 끝자락에서 봄을 마주하며, 한 재즈 음악가의 마지막 봄을 떠올렸습니다. 1991년 3월, 코펜하겐의 유서 깊은 재즈 클럽 무대에 오른 그의 이름은 스탄 게츠. 소설가 무라카미 하루키가 가장 좋아하는 재즈 뮤지

선으로도 잘 알려져 있죠. 오늘 편지에서는 그의 라이브
유작 음반으로 남은 코펜하겐 클럽 공연 이야기를 해 볼
게요.

당시 스탄 게츠는 죽음을 석 달 앞두고 있었습니다.
　4년 전 말기 간암 진단을 받고 몸이 정상일 수 없었음
에도 그가 나흘간의 클럽 공연이라는 만만치 않은 일정을
받아들인 이유는 단 하나였죠. 그건 평생 그를 사로잡았던
재즈에 대한 광기 어린 사랑이었어요.
　반면 건강 돌보는 데에는 애초에 관심이 없었던 것 같
아요. 재즈계에 들어선 십 대 때부터 시작한 마약, 연주를
위해 반드시 찾았던 술…. 어쩌면 스탄 게츠는 마약과 술
이 완벽한 연주를 위해 자신이 치러야 할 대가라고 믿었
는지도 모르겠어요. 그래서였을까요, 몸이 망가질수록 음
악에 대한 그의 열정은 더욱 강렬해져만 갔죠. 자신의 육
체가 고통받는 동안에도 100장이 넘는 음반을 발표했고,
다섯 개의 그래미 상을 거머쥐었을 만큼 음악 작업에만

몰두했으니까요.

　아마 코펜하겐 공연을 준비할 때도 스탄 게츠의 몸은 '이제 모든 것을 멈추고 쉬어야 해!'라는 경고를 보내느라 아우성쳤을 거예요. 하지만 그에게는 그보다 더 강력한 내면의 외침이 들렸던 것 같아요. '아니, 지금이야말로 음악을 연주할 때야!'

　공연이 열리는 재즈 클럽 '몽마르트르'는 스탄 게츠에게 마치 고향과도 같은 곳이었어요. 그가 가족과 함께 뉴욕을 떠나 코펜하겐에 머무르던 1959년, 때마침 문을 연 이 클럽에서 정기적으로 연주하며 유럽의 재즈 뮤지션들과 긴밀히 교류했고, 미국으로 돌아간 뒤로도 유럽 투어를 할 때마다 꼭 들를 만큼 아꼈던 장소죠. 스탄 게츠는 종종 미국보다 유럽의 재즈 팬들이 자신의 음악을 더 잘 이해해준다고 말했는데, 그 배경에는 몽마르트르에서의 추억이 자리 잡고 있었는지도 모릅니다.

　이날 스탄 게츠의 곁에는 수십 년의 우정을 나눈 피아니스트 케니 배런이 있었어요. 1960년대 중반부터 스탄 게츠와 함께해 온 그는, 무대 위 화려한 재즈 스타의 모습 뒤에 감춰진 스탄 게츠의 인간적인 면모를 누구보다 잘 알고 있었죠. 술과 약에 취해 있을 때조차 문득문득 보여 주던 따뜻한 진심을, 그리고 무엇보다 음악을 향한 그의 순수하고도 강렬한 열정을요. 말기 간암으로 쇠약해진 스탄 게츠가 코펜하겐에서의 듀오 공연을 제안했을 때, 케니 배런이 그를 말리지 않고 제안을 받아들인 것도 바로 그것 때문이었습니다. 설령 무대 위에서 숨을 거두는 한이 있더라도, 스탄 게츠가 진정으로 원하는 건 오직 음악뿐이라는 걸 깊이 이해하고 있었으니까요.

어느덧 몽마르트르의 객석이 가득 차고, 무대 위로 스탄 게츠와 케니 배런이 나왔어요. 스탄 게츠는 한 손으로는 테너 색소폰을 만지작거리면서, 다른 손으로 마이크를 잡고 이렇게 말했죠.

"케니와 나는 이곳에서 나흘 동안 공연을 하면서 녹음도 할 거예요. 만약 우리가 이걸로 음반을 만들어 내지 못하면 뮤지션 조합 카드를 반납할게요."

그가 던진 가벼운 농담에 관객들이 웃음을 터뜨렸어요.

"저희의 연주는 좋기도 할 것이고, 나쁘기도 할 것이고, 또 좋음과 나쁨 그 사이에 있기도 할 겁니다."

그 말을 하는 스탄 게츠의 표정에는 미묘한 감정이 서려 있었어요. 마치 자신의 삶을 돌아보듯, 좋았던 순간들과 나빴던 순간들, 그리고 그 모든 것이 뒤섞여 있던 시간들을 한꺼번에 떠올리는 듯했죠.

이윽고 그는 케니 배런에게 연주를 시작하라는 눈짓을 보냈어요. 석 달 후 눈을 감게 될 스탄 게츠의 마지막 라이브 녹음— 그 중요한 순간 흘러나온 첫 곡은 에디 델 배리오 작곡의 재즈 스탠더드 「아임 오케이I'm Okay」였습니다.

비록 무대 위에 노래를 부르는 이는 없었지만, 마치 스탄 게츠의 색소폰 선율 속에서 원곡의 노랫말이 들려오는 듯했어요. 그건 바로 스탄 게츠 자신이 하고 싶은 말처럼 들렸죠.

＊

내 삶의 겨울들이여

오랫동안 나와 함께한 그 계절들

나의 마음은 너무나 차가웠지만

이제 나는 알아요

난 괜찮아요

난 괜찮아요

Winters of my life

They've been around so long

It's been so cold inside

But then again I know

I'm alright

I'm okay

수많은 길들, 수많은 잘못된 선택들

어디를 가든

CONCERT   ALBUM   SONG FOR YOU

스탄 게츠 & 케니 배런   《피플 타임(People Time)》   「아임 오케이

'코펜하겐 클럽 공연'   (EmArcy, 1992)   (I'm Okay)」

1991년 3월 3~6일 일~수요일

재즈하우스 몽마르트르

내 과거는 늘 그곳에 있었죠

모든 고난이 나를 위한 것이라 생각했어요

셀 수 없이 많은 시간 동안

삶이 더 힘들어질 때마다

난 멈춰 서서 이렇게 말할 힘조차 없었죠

난 괜찮아요

난 괜찮아요

Many roads, many wrong turns

No matter where I went

My past was always there

Used to think all the troubles were meant for me

Lots and lots of times

When life was hitting harder

I never had the strength to stop and say

I'm alright

I'm okay

연주는 놀라웠습니다. 극심한 고통을 견디며 내는 소리라고는 믿을 수 없을 만큼, 스탄 게츠는 깊은 무게감과 산뜻한 호흡으로 공연장 구석구석을 아름다운 색소폰 선율로 채웠습니다. 케니 배런의 피아노 또한 훌륭했어요. 그의 손가락은 마치 스탄 게츠의 숨결을 따라가듯 섬세하게 움직였습니다. 때로는 색소폰의 서정적인 프레이즈를 부드럽게 받쳐 주다가도, 때로는 적절하게 힘과 리듬을 실었죠. 오랜 시간 우정을 나눠 온 사이답게, 두 사람의 음악적 호흡은 그야말로 완전했어요.

연주를 마친 두 사람에게 환호와 박수가 쏟아졌습니다. 그들이 마주 보며 활짝 웃는 모습에 관객들도 함께 미소 지었어요.

「아임 오케이」는 나흘간의 공연에서 세 번이나 연주될 만큼 중요한 레퍼토리였어요. 첫날을 시작으로 둘째 날에 한 번, 마지막 날에 또 한 번 연주되었죠. 특히 마지막 날의 연주가 훌륭했어요. 이듬해 발매된 이 공연의 실황 음반에는 바로 그 연주가 수록되었죠.

하지만 그토록 정성 들여 연주한 '나는 괜찮다'는 멜로디에도 불구하고, 마지막 날 무대에 오른 그의 안색은 썩 괜찮지 않았습니다. 지난 사흘간 너무 많은 에너지를 쏟아낸 게 문제였을까요? 결국 일곱 곡가량 연주한 뒤 찾아온 브레이크 타임이 지나고, 무대에는 스탄 게츠 대신 공연 관계자가 올라왔습니다.

"연주자의 건강 문제로 공연을 여기서 중단하게 되었습니다. 죄송합니다."

석 달 뒤인 1991년 6월 6일, 스탄 게츠는 LA 북부 말리부의 자택에서 예순넷의 나이로 눈을 감았습니다. 스탄 게츠와 케니 배런은 그날 공연 이후 프랑스로 이동해 한 차례 공연을 더 했지만, 녹음된 기록은 몽마르트르에서의 연주가 마지막이었지요.

스탄 게츠와의 마지막 추억을 케니 배런은 이렇게 회상했어요. 그가 세상을 떠나기 4주 전에 마지막 전화를 걸었을 때, 그 통화에서조차 그는 여전히 다음 투어를 계획하며 희망에 차 있었다고요.

삶의 모래시계가 줄어드는 와중에도 자신의 음악이 박제된 과거의 음반들에 만족하지 않고 오직 현재진행형으로 연주할 무대만을 생각했던 스탄 게츠. 그는 자신의 죽음을 정말 예감하지 못했던 걸까요? 아니면 모른 척했던 걸까요?

아니, 어쩌면 둘 다 아닐지도 모르겠어요. 그저 그에게 음악은 삶이었고, 삶은 곧 음악이었기에— 삶을 위해 음악을 내려놓는다는 게 애초에 성립될 수 없었던 것인지도 모릅니다. 마치 연둣빛의 새잎과 빛바랜 고엽을 모두 품고 있는 3월의 나무처럼, 그의 영혼은 어두운 죽음이 가까워지는 순간에도 기어코 싱그러운 멜로디를 창조해 내고 있었던 것 아닐까요.

1991년 3월의 코펜하겐,
스탄 게츠의 마지막 봄을 기리며

인생이 그러하듯,
갈등도 재즈의 일부

전통 vs 현대의 대결,
메리 루 윌리엄스와 세실 테일러의
뉴욕 콘서트

MARY LOU WILLIAMS

재즈는 즉흥적인 것이고,
위험을 감수하는 것이며,
경계를 확장하는 것이다.
안전한 영역에서 벗어나는 것을
두려워하지 말라.

메리 루 윌리엄스
연도 미상의 인터뷰

왜 재즈를 좋아하느냐고 물으면, 당신은 눈을 빛내며 이렇게 대답할 것 같아요. 악기들이 어우러져 만드는 완벽한 하모니가 마음에 든다고요.

맞아요. 재즈는 그런 음악이죠. 연주자들이 즉흥적으로 주고받는 멜로디가 절묘한 앙상블을 이루잖아요. 트럼펫이 질문을 던지면 색소폰이 대답하고, 피아노가 고개를 끄덕이듯 화음을 더하기도 하죠. 베이스와 드럼도 끼어들어 농담을 던지고요. 누군가 할 말이 있다고 손을 들면 자기가 하려던 말은 잠시 멈추고 그의 이야기를 충분히 들어주기도 하면서요. 그건 마치 서로 다른 개성을 가진 사람들이 한자리에 모여 대화를 나누는 이상적인 모습 같죠.

그런데요, 때로는 천하의 재즈 무대에서도 그런 기대가 무너지는 일이 벌어진답니다.

잘 알려진 사례로 마일스 데이비스와 델로니어스 몽크의 신경전이 있죠. 1954년의 크리스마스이브, 뉴욕의 스튜디오에서 마일스 데이비스의 새 음반을 녹음하던 중에 벌어진 일이었습니다. 몽크의 피아노 연주 스타일에 불만을 느낀 마일스가 "내가 솔로 연주를 할 땐 코드만 짚어 달라"고 하자, 그 말에 화가 난 몽크가 마일스의 솔로 연주 때 아예 피아노에서 손을 떼 버리고 연주하지 않은 악명 높은 사건이죠. 그날 처음으로 함께 녹음했던 두 사람은 그 후 다시는 협업하지 않았는데요, 이런 불화에도 불구하고 그날의 녹음은 두 거장의 충돌 덕분에 독특한 텐션과 매력이 느껴진다는 이유로 재즈사의 걸작으로 평가받고 있어요.

이렇듯 재즈란 때론 음악가들의 강렬한 개성과 고집이 마구 충돌하는 장이 되기도 해요. 오늘은 그런 이야기를 하나 들려드리고 싶습니다. 1977년 4월의 어느 봄날 뉴욕 '카네기 홀'에서 있었던, 재즈 역사에 가장 큰 실패로 남은 대화에 대한 이야기입니다.

그날 저녁, 카네기 홀의 무대 위에는 두 대의 그랜드 피아노가 서로 마주 보고 놓여 있었습니다. 한쪽에는 예순여섯 살의 메리 루 윌리엄스가, 다른 쪽에는 마흔여덟 살의 세실 테일러가 앉았죠. 무대에는 베이스와 드럼도 있기야 했지만 공연의 주인공은 누가 뭐래도 두 대의 피아노에 앉은 그 두 사람이었습니다.

관객들은 공연이 시작하기 직전까지도 알쏭달쏭한 표정을 짓고 있었어요. 도대체 두 사람이 어떤 연주를 들려줄지 예상할 수 없었기 때문이죠. 두 피아니스트는 그야말로 물과 기름처럼 섞이기 어려워 보였으니까요.

우선 메리 루 윌리엄스부터 소개해 볼게요. 1910년생인 그녀는 재즈계의 살아 있는 역사라 해도 과언이 아니었어요. 래그타임 시대부터 스윙과 비밥의 시대까지 재즈의 황금기를 몸소 지나온 그녀의 음악적 권위는 확고했습니다. 게다가 그녀는 누구보다도 강한 신념을 가지고 재즈의 전통을 지켜 왔죠. 그녀에게 재즈란 흔들림 없는 기본기와 깊이 있는 스윙으로 빚어내는 예술이었거든요.

반면 세실 테일러는 전혀 다른 길을 가는 뮤지션이었어요. 1929년생인 그는 아방가르드 프리 재즈의 선구자로, 기존의 재즈가 한 번도 가 보지 않은 새로운 영역을 개척하고 있었죠. 그의 즉흥연주 스타일은 정말 독특했어요. 영국의 사진작가 발 윌머가 '그는 여든여덟 개의 건반이 아니라 여든여덟 개의 드럼을 연주한다'고 표현했을 정도로 피아노를 타악기처럼 두드리며 파워풀한 소리를 냈거든요. 메리 루 윌리엄스가 재즈의 전통을 수호한다면, 세실 테일러는 전통의 틀을 깨고 나와 실험과 혁신을 추구했죠.

그러니까 말하자면— 두 사람의 만남은 마치 고전주의 화가와 추상표현주의 화가가 한 캔버스에 그림을 그리겠다고 한 것과 다름없었어요. 스무 살 가까운 나이 차이 또한 극복하기 쉬운 문제는 아니었을 겁니다. 두 사람이 아무리 서로를 존중하고 이해하려 애쓴다 해도 세대 차이가 존재할 만한 간극이니까요.

이런 이유로 공연은 흥행에도 실패했어요. 객석은 절반

도 차지 않은 상태였죠. 그럼에도 카네기 홀에 온 관객들은 일말의 기대를 하지 않았을까요? 두 연주자의 조합이 완벽한 하모니를 이루지는 못하더라도, 적어도 재즈의 전통과 현대를 상징하는 두 사람이 화합하려는 시도 자체에서 감동을 느끼게 되리라고요.

그 기대에 부응하듯 공연장 곳곳에 걸린 포스터와 리플렛에는 〈임브레이스드Embraced〉라는 공연 타이틀이 적혀 있었습니다. '포용하는', '껴안는', '받아들이는'이라는 의미잖아요. 관객들은 두 뮤지션이 이 기회를 통해 서로의 음악 세계를 포용하고, 그 차이를 넘어 서로에게 영감을 주고받기를 기대하며 이 자리에 왔을 겁니다.

＊

하지만 관객들이 두 주인공을 큰 박수로 맞이한 후 시작된 공연은— 그 기대를 무참히 무너뜨리는 혼란스러운 소음으로 가득했습니다.

첫 곡은 메리 루 윌리엄스가 이 공연을 위해 작곡한 「더 로드 이즈 헤비The Lord Is Heavy」였어요. 낮은 음역대의 건반을 터치하며 연주를 시작한 두 사람은 얼핏 합을 맞추는 듯했지만, 어느 순간 서로 다른 갈림길에 접어든 듯 멀어져 갔어요. 세실 테일러는 그녀의 작곡 의도 따윈 전혀 관심없다는 듯 건반을 두드렸고, 메리 루 윌리엄스는 그런 세실 테일러에게 휘말리지 않으려 노력하다가 의욕이 떨어진 듯 연주를 거의 쉬다시피 하기도 했죠.

그 뒤로도 두 사람은 마치 서로 다른 시간대에 존재하는 듯, 대화가 아닌 독백 같은 연주를 마구 쏟아 냈어요. 아주 가끔 객석에서 환호성과 박수가 터져 나오기는 했지만 그건 싸움 구경에 경도된 사람들이 순간적으로 내지르는 추임새와 크게 다를 바가 없었죠.

결국 공연이 끝나자마자 악평이 쏟아졌습니다. 〈뉴욕타임스〉는 "포용은 없었다"고 일갈했고, 〈워싱턴포스트〉는 "열흘간의 리허설 기간 동안 피아니스트들 사이에는 긴장감이 고조됐으며, 그들은 서로의 음악적 책임과 능력에 대

CONCERT
메리 루 윌리엄스 &
세실 테일러 '뉴욕 콘서트'
1977년 4월 17일 일요일
카네기 홀

ALBUM
《임브레이스드(Embraced)》
(Pablo Live, 1978)

SONG FOR YOU
「더 로드 이즈 헤비
(The Lord Is Heavy)」

해 논쟁을 벌였다"는 어두운 뒷이야기를 전했죠. 시간이 흐른 뒤에도 비평계의 평가는 변함없었습니다. 〈재즈타임스〉의 크리스토퍼 포터는 "'포용하는Embraced'보다는 '충돌하는Clashed'이 더 적합한 공연 제목일 것"이라고 조롱했고, 재즈 평론가 스콧 야노우는 "이 만남은 재앙"이라고 일축했답니다.

두 사람이 처음부터 싸우려고 하진 않았겠죠.

물론 이 공연을 기획했던 메리 루 윌리엄스는 평소 아방가르드 재즈에 적대적인 편이긴 했지만, 존 콜트레인의 후기 연주와 세실 테일러의 연주에서만큼은 어떤 영감과 에너지를 느낀다고 말하곤 했어요. 세실 테일러 역시 메리 루 윌리엄스의 공연이 열리는 클럽에 종종 관객으로 얼굴을 비출 만큼 그녀의 연주를 좋아했답니다. 언론 인터뷰를 잘 하지 않는 그가 메리에 대해 언급한 인터뷰가 남아 있을 정도지요. "메리 루 윌리엄스는 마치 에롤 가너처럼 연주하지만, 메리의 음악은 에롤 가너의 음악보다 범위가 더

넓다고 생각한다"라고요.

이렇듯 서로에 대한 호의를 바탕으로 출발한 이 여정이 왜 그토록 적대적인 대결로 변모하게 된 걸까요. 이유는 간단합니다. 두 사람이 상대방을 위해 아무것도 양보하지 않았기 때문이죠. 두 사람은 자신의 입장만 내세울 뿐 서로의 생각을 일치시키려는 노력에는 소홀했어요.

원래 메리 루 윌리엄스의 계획은 이러했습니다. 1부에서는 먼저 자신이 주도하는 전통적 재즈의 스타일을 함께 연주하고 2부에서는 세실 테일러가 주도하는 전위적인 재즈에 동참했다가 다시 자연스럽게 전통 재즈 중 하나인 스윙으로 돌아가면 좋겠다는 것이었죠. 이 계획을 실현하기 위해 메리는 1부에 들려줄 곡들을 새롭게 작곡하거나 편곡하기도 했어요.

하지만 세실 테일러에게 메리의 이 모든 계획은 일방적이었어요. 특히 세실은 정해진 악보에 따라 연주하는 것을 지양하는 뮤지션이었기에, 상의 없이 악보를 준비한 메리가 자신을 존중하지 않는다고 여겼어요. 메리는 악보에 세실을 위해 작성한 파트가 있는데 그게 어떻게 존중하지 않는 것이냐고 항변했지만, 세실은 메리 혼자 그 방향을 결정했다는 사실을 받아들일 수 없었죠.

결국 두 뮤지션에게는 자신의 음악적 배경에 대한 존중이 가장 중요했던 것 같아요. 하지만 서로의 예술적 비전이 너무 달라서였을까요. 두 사람은 결국 어떤 합의도 조율도 이뤄 내지 못한 채 무대에 올라, 각자 가고 싶은 방향으로 연주를 했죠. 두 대의 피아노가 서로 사이좋게 마주 보고 있던 카네기 홀의 무대가 각자의 음악적 우위를 주장하는 전쟁터로 변모하고 만 것입니다.

물론 훗날 발매된 라이브 음반 《임브레이스드》를 감상한 청자들 중 일부는 메리 루 윌리엄스와 세실 테일러가 들려준 이날의 음악을 열렬히 지지하기도 해요. 저도 이 공연의 초반부에 대해서는 세간의 혹평에 동의하면서도, 중후반부에서는 그들의 연주에서 알 수 없는 전율을 느끼기도 하거든요. 음악에 대한 평가는 얼마든지 다를 수 있고, 각자의 입장에서 어떻게 느끼느냐가 중요하죠.

다만 이런 이야기를 하고 싶어요.

포용인가 충돌인가, 그 논쟁 속에 가려진 또 하나의 중요한 것이 있다고요. 두 거장이 공연을 준비하면서 관객의 실망과 언론의 혹평을 분명히 예견했을 텐데도 타협하지 않았다는 것, 끝까지 지키려 했던 음악적 소신이 있었다는 것, 그리고 끝내 공연을 포기하지 않고 완주했다는 사실입니다.

메리 루 윌리엄스와 세실 테일러가 결과적으로 대다수에게 실망스러운 음악을 들려준 건 부인할 수 없지요. 하지만 생각해 보세요. 그건 결코 두 사람이 공연에 성의가 없어서도 아니었고, 음악에 대한 열정이나 재능이 부족해서도 아니었어요. 오히려 공연에서 자신들이 들려주고자 했던 음악이 너무나 분명했고, 그것을 지키려고 한 열정이 차고 넘쳤기 때문에 비롯된 일이었지요. 양보라는 미명 아래 자기가 옳다고 생각하는 신념을 포기하기보다는 차라리 충돌을 택한 것이랄까요.

그날의 음반을 반복해서 듣다 보면, 저는 한 치의 양보

없이 피아노로 팽팽하게 겨루는 음악적 결투 속에 숨겨진 두 사람의 묘한 애증과 은근한 희열을 느끼곤 합니다. 어쩌면 두 사람은 음악적 배경은 달라도 서로에게서 자기 자신의 모습을 발견했을지도 모르겠어요. 사람은 때로 정반대의 것에서 자신을 찾아내기도 하잖아요.

차이를 뛰어넘는 음악적 대화와 포용은 분명히 아름답지요. 하지만 차이를 좁히지 못했다 하더라도, 때론 그 모습 그대로 의미가 있다는 것을 저는 이 음반을 통해 깨닫습니다. 우리 모두에게는 결코 양보하고 싶지 않은 무언가가 있고, 그것이 결국 우리를 더욱 우리답게 만들어 주는 것이니까요.

1977년 4월의 뉴욕,

피아노 두 대의 긴장을 음미하며

5월

자유란
노력한 자에게만
허락되는 선물

비밥 황제들의 전설적인 무대,
더 퀸텟의 토론토 콘서트

CHARLIE PARKER

악기를 배운 다음
연습하고, 연습하고, 연습하라.
그리고 마침내 밴드 스탠드에 올라가면,
모든 것을 잊어버리고 그저 울부짖어라.

찰리 파커
제이슨 푸가치 《Acting Is a Job: Real-Life Lessons
About the Acting Business》 (2006)

5월의 어느 오후, 저는 도심 공원에 앉아 있었어요.

어디선가 스케이트보더들이 하나둘 나타나더니, 어느새 대여섯 명이 어울려 놀더라고요. 햇살 아래 움직이는 그들의 모습이 마치 춤을 추는 것 같았죠. 때론 실수하고 넘어지기도 했지만, 다들 아무렇지 않다는 듯 바지를 털고 일어났어요. 그러고는 화려한 기교를 선보이며 멋지게 점프를 했습니다.

그들의 모습이 꼭 재즈 뮤지션들 같다고 생각했어요. 얼핏 보면 그저 본능과 감각에 몸을 맡긴 채 아무렇게나 움직이는 것 같지만, 사실 그들이 스케이트보드 위에서 중심을 잡고 자유롭게 움직일 수 있는 건 수천 번의 반복된 연습 덕분이잖아요. 재즈 뮤지션들도 마찬가지거든요. 타고난 음악적 재능만 믿고 순간의 영감에 따라 멜로디를 무작위로 꾸며내는 것 같지만, 그들이 자신의 연주 실력을 높이기 위해 얼마나 성실하게 훈련하는지를 알면 다들 입이 떡 벌어질 거예요.

생각이 여기까지 미치자 문득 1953년 5월의 어느 밤이 떠올랐어요. 캐나다 토론토의 '매시 홀'에서 열린 전설적인 콘서트 이야기를 들려드릴까 합니다. 그날 밤 그 무대 위에서 다섯 명의 연주자들이 보여 준 것이 바로 그런 모습이었거든요.

그들은 당시 재즈계를 주름잡던 비밥의 다섯 황제들이었습니다.

비밥이라는 혁신적인 스타일을 창시한 선구적인 색소포니스트 찰리 파커, 개성 넘치는 고음의 트럼펫 연주와 아이코닉한 스타성으로 비밥 혁명을 이끈 디지 길레스피, 현대적인 피아노 화성과 리듬으로 20세기 모던 재즈의 문을 연 버드 파웰, 재즈 베이스의 지평을 넓히고 작곡가로서도 선명한 발자취를 남긴 찰스 밍거스, 폴리 리듬의 대가이자 모던 재즈 드럼의 기틀을 다진 맥스 로치까지— 그저 이름을 나열하는 것만으로도 재즈 팬들을 설레게 하는 라인업이었죠.

이 다섯 명의 대가들이 한 무대에 오른 건 이때가 처음이자 마지막이었을 거예요. 다시는 한자리에서 볼 수 없을 이 팀에 훗날 특별한 별칭이 붙었습니다. 바로 '더 퀸텟The Quintet'이라는 이름이었어요. 마치 '진정한 재즈 퀸텟이란 이런 것이어야 한다'고 말하는 것 같은 멋진 이름 아닌가요?

이름에 걸맞게 그들의 무대는 그야말로 퀸텟의 정석이었어요. 찰리 파커의 색소폰이 하늘을 향해 솟구치면 디지 길레스피의 트럼펫이 그 뒤를 따라 목청을 울렸습니다. 버드 파웰의 피아노는 구름처럼 부드럽다가도 소나기처럼 시원했어요. 찰스 밍거스의 베이스와 맥스 로치의 드럼은 단단한 기둥처럼 팀의 연주를 지탱하고 있었고요. 이때 녹음된 실황 음반이 1995년 그래미 명예의 전당에 올랐을 정도면 더 설명하지 않아도 되겠죠.

그런데요, 이 콘서트의 뒷이야기를 생각하면 도대체 이들이 어떻게 공연을 무사히 마칠 수 있었는지 신기할 정도입니다. 여러 사정으로 흥행에 참패한 데다 준비 과정은 물론 콘서트가 진행되는 동안에도 온갖 일들이 있었거든요. 그런 악조건 속에서도 어떻게 그들은 후대에 기억될 명연주를 할 수 있었던 걸까요? 차근차근 공연의 전말을 되짚으며 그 비밀을 생각해 보시죠.

문제는 일찌감치 시작됐습니다. 공연 포스터에 찰리 파커의 이름을 쓸 수 없었거든요.

이 공연은 토론토의 '뉴 재즈 소사이어티'라는 단체가 기획했는데, 찰리 파커가 당시 계약된 레코드사와의 약속 때문에 다른 기획사의 공연에서 자기 이름을 쓸 수 없었던 겁니다. 결국 아내 이름을 따서 '찰리 챈'이라는 가명을 쓰기로 했죠. 그건 마치 배우 송강호 씨가 출연하는 영화 포스터에 '송찬호'라는 가명이 적힌 것과 같았어요. 관객들은 콘서트 프로그램에 소개된 찰리 챈이 찰리 파커라는 사실을 알아챌 수 없었죠. 티켓이 잘 팔리지 않은 건 당연했고요.

그래도 이건 애교 수준이었어요. 진짜 문제는 공연 당일에 터졌거든요.

뉴욕에서 토론토까지는 비행기로 1시간 40분. 다섯 명의 연주자들과 공연 관계자들은 공연 당일 뉴욕 라과디아 공항에서 만나 다함께 이동하기로 약속했는데요, 찰리 파커가 제시간에 공항에 도착하지 못한 거예요. 결국 버드 파웰, 맥스 로치, 찰스 밍거스 부부 그리고 '버드랜드' 클럽의 운영자 오스카 굿스타인이 먼저 출발했고, 디지 길레스피가 혼자 남아 파커를 기다렸다가 다음 비행기를 탔죠.

멤버 전원이 토론토에 도착한 후에도 상황은 계속 꼬여 갔습니다.

이번에도 찰리 파커가 문제였어요. 그가 공연장인 매시 홀로 직행하지 않고 어디론가 홀연히 사라져 버렸거든요. 그러고는 공연 시작 시간에 딱 맞춰 나타난 바람에 결국 리허설도 하지 못했죠.

물론 그에게도 사정은 있었습니다. 알고 보니 평소 쓰던 색소폰을 가지고 오지 못해서 어디선가 급히 색소폰을 빌려 오느라 시간이 필요했던 거였어요.

리허설을 못 한 것도 큰일이었지만, 만만치 않은 문제가 또 있었습니다. 찰리 파커가 글쎄 플라스틱으로 만든 연습용 색소폰을 구해 온 거예요. 영국 그래프톤사가 1950년대 초 저렴한 가격으로 출시했던 모델이었는데, 전문 연주자들이 흔히 사용하는 금속 소재의 색소폰과는 비교할 수 없을 정도로 품질이 좋지 않았죠.

피아니스트 버드 파웰의 상태도 심상치 않았답니다.

그는 몇 년 전 필라델피아에서 술주정을 부리다 경찰의 과잉 진압으로 머리를 크게 다쳤는데, 그때부터 정신 건강에 이상이 생겨 여러 차례 정신병원에 입원을 했습니다. 매시 홀 콘서트는 버드 파웰이 병원에서 퇴원한 지 3개월 만에 오르는 무대였죠. 그날 무대 위에서 비틀거리는 모습 때문에 그가 술에 취해 있었다고 묘사하는 글도 전해지는데, 건강상의 어려움 때문에 똑바로 걷지 못했을 것이라는 증언도 있습니다. 어느 쪽이든 그가 당시 온전한 컨디션으로 무대에 오르지 못했던 것만큼은 확실했어요.

　공연이 시작된 뒤에도 문제는 끝나지 않았죠. 이번에는 디지 길레스피가 말썽이었어요.

　콘서트가 열리는 시간대에 세간의 이목이 집중된 복싱 경기 중계방송이 예정되어 있었는데, 디지 길레스피도 이 경기에 관심이 많았거든요. 워낙 화제가 된 경기였기에 주최 측에서도 경기 시간에 맞춰 휴식 시간을 제공했는데요, 디지 길레스피는 이때다 하고 관객들과 함께 길 건너 칵테일 바로 달려가 함께 경기를 시청하고 돌아왔다고 합니다. 다행히(?) 복싱 경기는 2분 30초 만에 끝났지만, 어쨌든 공연의 흐름은 어수선하게 끊길 수밖에 없었죠.

　플라스틱 색소폰을 빌려 오느라 늦게 나타난 찰리 파커, 그 바람에 리허설 없이 시작하게 된 공연, 건강 문제로 몸조차 제대로 가누지 못한 버드 파웰, 공연 도중 복싱 경기를 보고 온 디지 길레스피까지…. 이들의 무대는 애초에 실패하는 것이 자연스러웠을지도 모르겠어요.

그런데 이렇게나 엉망이었던 상황에도 불구하고 콘서트는 성공적이었습니다.

찰리 파커는 플라스틱 색소폰을 능수능란하게 다루며 금속 색소폰을 불 때와 똑같이 무대를 주도해 나갔어요. 특유의 현란한 연주 스타일과 복잡한 화성이 펼쳐지자, 관객들도 찰리 챈이라는 가명을 쓴 연주자가 사실은 찰리 파커임을 알아채고 크게 환호했지요.

피아노에 앉기 전까지 비틀거렸던 버드 파웰도 언제 그랬느냐는 듯 스윙감 넘치는 연주를 들려주었고, 디지 길레스피도 무대에서만큼은 복싱 경기를 잊은 듯 재기발랄한 트럼펫 연주에 몰입했답니다. 찰스 밍거스와 맥스 로치 역시 속도감 있는 곡의 리듬을 한순간도 흐트리지 않으면서 완벽한 연주를 들려주었고요.

＊

그날 그들이 매시 홀에서 들려준 연주를 들을 때마다

제가 감탄하게 되는 이유는— 그토록 어수선한 상황에서
도 다섯 연주자들이 진심으로 무대를 즐겼다는 점 때문이
에요.

예컨대 「솔트 피넛츠Salt Peanuts」를 연주한 무대 하나만
봐도 그들이 얼마나 즐기고 있는지 알 수 있습니다. 찰리
파커는 자신이 작곡했다고 알려진 이 곡의 실제 작곡가가
디지 길레스피라는 사실을 이 자리에서 정식으로 소개했
는데요, 그래서인지 더욱 신이 난 듯한 길레스피가 마이크
를 붙잡고 "솔트 피넛츠! 솔트 피넛츠!"라고 외치는 걸 듣
고 있으면 누구라도 절로 미소를 짓게 될 거예요.

정말 놀라운 일이죠. 준비 과정에서 겪은 여러 난관 때
문에 서로에게 불만을 품을 수도 있었을 테고, 자신이 일
으킨 문제에 대해 스스로를 탓할 수도 있었을 텐데, 그들
의 연주에서는 그 어떤 앙금도 느껴지지 않아요. 대신 제
게 전해지는 것은 완전한 자유의 감각입니다. 기술적, 신
체적, 정신적 제약을 넘어서서 순수하게 음악과 하나 된
사람들이 누리는 완전한 자유.

CONCERT
더 퀸텟 '토론토 콘서트'
1953년 5월 15일 금요일
매시 홀

ALBUM
《재즈 앳 매시 홀
(Jazz at Massey Hall)》
(Debut, 1953)

SONG FOR YOU
「솔트 피넛츠
(Salt Peanuts)」

그리고 앞서 이야기했듯이, 이건 하루아침에 생겨나는 종류의 자유가 아니지요. 수천, 수만 시간의 훈련이 뒷받침되어야만 얻을 수 있는 값비싼 자유니까요.

다섯 명 중 누가 가장 지독한 연습 벌레였는지 알면 아마 놀랄 거예요. 뜻밖에도 이날 공연에서 가장 사고뭉치였던 찰리 파커거든요.

대부분의 뮤지션들은 매일 4시간에서 8시간가량 연습하는 시기를 얼마간 거치면서 성장한다고 합니다. 그런데 색소포니스트 폴 데스몬드가 보기에 찰리 파커의 환상적인 기량은 아무리 생각해도 보통의 연습량으로 가능할 것 같지가 않았던 거예요. 그래서 도대체 당신은 하루에 몇 시간을 연습하느냐고 물었대요. 그러자 돌아온 찰리 파커의 대답이 놀라웠습니다.

"저는 하루에 최소 11시간에서 15시간을 투자했어요. 그러기를 3~4년 동안 계속했지요. 이웃들이 저희 어머니에게 이사를 가라고 위협할 정도였어요. 제가 연주하는 소리 때문에 미칠 것 같다면서요."

영화 〈위플래쉬〉에도 찰리 파커의 일화가 나오죠. 찰리 파커가 음악 활동 초기에 잼을 망쳤을 때, 필리 조 존스라는 선배 드러머가 던진 심벌즈에 맞았을 만큼 크게 혼이 났다는— 그 후 찰리 파커가 스스로를 고된 연습 속으로 밀어넣으면서 완전히 새로운 연주자로 거듭났다는 이야기입니다. 영화 속에서 재즈 뮤지션 지망생들에게 혹독한 연습을 요구하는 플레처 교수가 '제2의 찰리 파커'를 찾는 중이라고 말하는 건 이런 맥락과 관련이 있어요.

어디 찰리 파커뿐인가요.

디지 길레스피는 다른 트럼펫 연주자들이 쉽게 범접하지 못하는 트럼펫의 최고 음역을 자유롭게 오가는 즉흥연주를 연마했고, 버드 파웰은 폭포수처럼 쏟아지는 비밥 관악기 연주자들의 솔로를 피아노로 재현할 수 있을 만큼의 속주 능력을 키웠죠. 찰스 밍거스 역시 클래식 첼로와 재즈 베이스 모두에 능통했으며, 맥스 로치는 테크닉 연마에 누구보다 몰두했던 드러머였습니다.

그러니까 매시 홀 콘서트는, 표면적으로는 자신의 재능

만 믿고 불성실하게 굴던 연주자들이 운 좋게 완성한 콘서트처럼 보일 수도 있겠지만, 어떤 불안정한 상황에서도 중심을 잃지 않을 만큼 완벽하게 준비되어 있었던 연주자들이 만든 콘서트이기도 한 거예요.

저는 여전히 생각해요. 진정한 자유란 무엇일까 하고요. 그리고 매번 같은 결론에 도달합니다. 진정한 자유란, 철저한 수련 끝에 도달하는 어떤 경지라고 말이에요. 그날 밤 매시 홀에서 다섯 명의 연주자들이 보여 준 것처럼요.

1953년 5월의 토론토,
비밥 황제들의 자유를 만끽하며

6월

예측할 수 없어서
더 신비로운

어느 트리오의 예기치 못한 종말,
빌 에반스 트리오의 뉴욕 클럽 공연

죽음이란 걸 도저히 이해할 수가 없어요.

그래서 그것을 평가하거나 이야기할 방법도 없죠.

이해할 수 없으니까요.

다만 제가 느끼기에 스콧 라파로는 살아 있어요.

저는 그를 알았고, 그를 떠올릴 때면

살아 있는 모습으로 떠올리는데,

지금 이 순간 여기 없을 뿐이에요.

그게 다예요.

빌 에반스
조지 클래빈과의 인터뷰 (1966)

여름이 되니 날씨를 종잡을 수가 없네요.

요 며칠 계속 후텁지근하더니 간밤엔 요란한 폭우가 내린 거 있죠. 그런데 이른 아침 산책을 하러 나가 보니 아무 일도 없던 것처럼 다시 하늘이 개었더라고요.

얼마쯤 걸었을까, 산책로 어딘가에서 땅에 떨어진 빨간 장미 한 송이를 발견했어요. 꽃잎은 아직 시들지 않았고 싱그러운 향기도 여전히 달콤했죠. 어제저녁까지 고개를 꼿꼿이 들고 있던 꽃송이가, 갑작스레 쏟아진 비를 이기지 못했나 봅니다.

보드라운 꽃잎 위에 맺힌 빗방울을 보며 생각했어요. 마지막 순간이란 왜 늘 이렇게 느닷없이 찾아오는 걸까.

문득 그 음반들이 떠올랐습니다. 1961년 6월의 어느 일요일, 빌 에반스가 자신의 첫 번째 트리오 멤버들과 뉴욕의 재즈 클럽 '빌리지 뱅가드'에서 공연했던 순간을 담은 두 장의 음반 말이에요. 그들은 알지 못했겠죠. 그 공연이 서로가 함께하는 마지막 연주가 되리라는 것을요. 공연을 마친 지 열흘 만에 베이시스트 스콧 라파로가 교통사고로 세상을 떠나고 말았으니까요.

피아니스트 빌 에반스, 드러머 폴 모션, 베이시스트 스콧 라파로. 세 사람의 짧은 인연은 2년 전인 1959년으로 거슬러 올라갑니다.

'이곳에서의 연주도 즐겁지만… 나도 나만의 트리오를 만들고 싶어.'

당시 빌 에반스는 그 유명한 마일스 데이비스 밴드에서 활동하며 재즈계의 신예로 떠오른 참이었어요. 마일스 데이비스의 대표작이자 재즈사에서 가장 중요한 음반으로 일컬어지는 《카인드 오브 블루Kind of Blue》에도 크게 기여한 핵심 멤버였죠. 하지만 빌 에반스는 가슴속 깊이 자신의 이름을 건 트리오를 원하고 있었어요. 결국 그는 마일스의 만류에도 밴드에서 나와 독립하기로 결심했죠.

하지만 마음 맞는 인연을 찾기가 어디 쉽나요. 빌 에반스는 뉴욕의 한 재즈 클럽(이스트 49번가의 '베이신 스트리트 이스트')에서 공연하는 2~3주 동안 네다섯 명의 드러머와 일고여덟 명의 베이시스트와 호흡을 맞춰 보았지만, 그들과의 만남은 모두 하루이틀 스쳐 지나가는 인연으로 끝나버렸죠.

그러던 중 그 클럽에 종종 얼굴을 비추던 폴 모션과 스콧 라파로를 우연히 만나게 됐어요. 큰 기대 없이 그들과 함께 남은 공연 일정을 마무리하기로 했죠. 하지만 때로 소중한 인연은 기대하지 않은 순간에 다가오는 법이죠. 빌 에반스는 그들과 연주하는 동안 직감했어요. 마침내 자신의 첫 번째 트리오가 완성되었다는 것을요.

세 사람은 모두 눈이 반짝이는 이십 대의 젊은 연주자들이었습니다. 빌 에반스가 스물아홉, 폴 모션이 스물여덟, 막내 스콧 라파로는 스물셋이었죠. 돈을 벌기보다는 음악적으로 발전하기를 열망했던 그들은, 트리오의 결속력을 다지기 위해 당분간 다른 밴드에서 연주하지 말자는 약속도 나누었어요. 그만큼 세 사람은 서로에 대한 확신으로 똘똘 뭉쳐 있었죠.

'빌 에반스 트리오'라는 이름으로 처음 녹음한 음반은 《포트레이트 인 재즈Portrait in Jazz》라는 스튜디오 음반이었어요. 함께한 시간이 길지 않았음에도 세 사람은 마치 수년간 호흡을 맞춘 팀처럼 조화로운 연주를 들려줬어요. '화제의 재즈 피아노 트리오'라는 소개와 함께 미국 각지를 돌아다니며 공연을 했고, 다시 뉴욕으로 돌아와 두 번째 스튜디오 음반 《엑스플로레이션스Explorations》를 녹음했어요. 같이 먹고 자고 연주하는 동안 사소한 일로 다투었다가 화해하기도 하면서, 그들은 마치 오랜 친구처럼 또는 형제처럼 가까워졌습니다.

어느덧 빌 에반스에게 폴과 스콧은 누구보다 중요한 존재가 되었어요. 언제든지 다른 연주자로 대체할 수 있는 멤버가 아니라 음악에 직접적인 영향을 미치는 이들이 된 것이죠. 마치 시나리오 작가가 특정 배우를 떠올리면서 대사를 쓰듯, 빌 에반스는 두 멤버의 연주 스타일을 떠올리며 작곡했다고 해요.

특히 빌 에반스는 스콧 라파로의 베이스 연주를 좋아했어요. 지금까지 들어 본 어떤 베이스보다도 크고 긴 울림을 갖고 있다고 말이에요. 스콧이 실제로는 그리 크지 않은 체격인데도 그의 연주 때문에 꼭 거인처럼 느껴진다고도 했죠.

음악을 대하는 태도에서도 빌 에반스는 스콧 라파로와 각별히 통하는 구석이 있다고 생각했어요. 스콧과 함께 연주할 때면 종종 '내가 갈 방향을 도대체 어떻게 알았을까' 궁금해질 만큼, 그가 자신의 생각을 읽고 있다는 기분 좋은 전율을 느꼈다고 해요.

애써 설명하지 않아도 음악 안에서 하고 싶었던 모든 것이 자연스럽게 이루어진다니, 빌 에반스는 꿈을 꾸는 것만 같았습니다. 그리고 어느 날, 기다리던 기회가 마침내 찾아온 거예요.

"빌리지 뱅가드에서 공연이 잡혔어. 무려 2주간이야!"

빌 에반스는 설렘을 감출 수 없었어요. '빌리지 뱅가드'는 뉴욕 최고의 재즈 클럽으로 손꼽히는 무대였죠. 앞서 발표한 두 장의 스튜디오 음반이 호평을 받기는 했지만, 아직 빌 에반스의 이름이 어엿한 리더보다는 비교적 알려진 신인 피아니스트 정도로 여겨지던 때였어요. 이 무대만 잘 소화한다면 그다음 단계로 도약할 수 있는 발판이 될 것이 분명했죠.

"그럼 마지막 날 공연을 녹음해 보는 게 어때?"

빌 에반스 트리오와 계약한 리버사이드의 프로듀서 오린 킵뉴스는 기회를 놓치지 않고 녹음을 제안했어요. 그는 지하에 있는 그 클럽에서 피아노 소리가 훌륭하게 녹음된다는 사실을 잘 알고 있었거든요. 연주자와 관객 간의 거리가 가까워 분위기가 친밀한 것도 장점이었죠. 음반 녹음에 늘 신중했던 빌 에반스도 그때만큼은 흔쾌히 동의했어요. 빌리지 뱅가드의 스타인웨이 피아노를 좋아하기도 했고, 트리오의 호흡이 정점에 올랐을 때니 녹음을 마다할 이유가 없었죠.

그렇게 빌 에반스 트리오가 빌리지 뱅가드에서 연주하는 여러 밤이 지나고, 비로소 그들의 마지막 공연이 시작되었을 때— 리버사이드의 녹음 엔지니어 데이브 존스가 '딸깍' 하고 녹음 버튼을 눌렀어요. 그와 함께 재즈 역사의 한 페이지가 서서히 쓰이기 시작했습니다.

∗

그날은 일요일이었어요.

낮에 두 번, 저녁에 세 번. 총 5부로 구성된 공연이 하루 종일 이어졌죠. 그런데도 빌 에반스 트리오의 세 청년은 한순간도 지치지 않았어요. 오히려 그들은 어느 때보다 연주에 집중하며 영원히 함께할 것처럼 서로를 바라보았죠.

폴 모션의 드럼은 마치 연인의 귀에 속삭이는 듯한 섬세한 터치로 클럽의 공기를 일렁이게 했고, 스콧 라파로의 베이스는 한 음 한 음이 시를 낭송하듯 나직하고도 명료

CONCERT
빌 에반스 트리오 '뉴욕 클럽 공연'
1961년 6월 25일 일요일
빌리지 뱅가드

ALBUM
《왈츠 포 데비
(Waltz for Debby)》
(Riverside, 1962)

SONG FOR YOU
「왈츠 포 데비
(Waltz for Debby)」

하게 울려 퍼졌어요. 그리고 그 울림 위로 빌 에반스의 피아노가 물결처럼 부드럽게 흘러나왔죠.

빌 에반스는 이 공연에서 평소 추구하던 음악적 이상을 마음껏 표현했어요. 그가 늘 소중히 여기던 인간적이고 순수한 감성이 한 곡 한 곡에 묻어났습니다. 특히 「왈츠 포 데비Waltz for Debby」를 연주했던 두 번의 무대는 이날의 하이라이트였어요. 빌 에반스가 자신의 조카 데비를 떠올리며 왈츠 박자로 작곡한 이 곡은 그날따라 더욱 사랑스럽게 울려 퍼졌고, 연주를 듣는 관객들은 마치 어린아이처럼 순수한 미소를 지었죠.

자작곡뿐 아니라 여러 재즈 스탠더드도 이날 연주되었는데요, 무언가를 예감하기라도 한 것처럼 절묘하게 선곡된 「마이 맨스 곤 나우My Man's Gone Now」는 음반을 들을 때마다 가슴에 사무칩니다. 조지 거슈윈의 오페라 〈포기와 베스〉에서 주인공이 남편의 죽음을 애도하며 부르는 이 처절한 곡이 연주될 때, 누구도 이 슬픈 멜로디에 빌 에반스 트리오의 운명을 겹쳐 생각하지 못했겠죠.

무엇보다도 이 곡에서 스콧 라파로의 베이스 연주가 얼마나 아름다운지요. 빌 에반스가 평소 그렇게도 좋아했던 스콧만의 크고 긴 울림을 이 곡에서 느낄 수 있어요.

그러고 열흘 뒤 늦은 밤, 어두운 시골길을 달리던 스콧 라파로는 나무와 충돌하는 불의의 교통사고로 그 자리에서 세상을 떠났습니다. 부모님이 있는 고향 제네바로 가는 길이었다고 해요. 스물다섯 청춘으로 생을 마감한 그의 죽음으로, 빌 에반스 트리오의 가장 찬란했던 순간도 영원히 막을 내렸습니다.

✳

빌 에반스는 깊은 슬픔과 무력감으로 괴로워했어요.

몇 달 동안이나 어디에서도 연주하지 않았고, 들어오는 녹음 제의도 모두 거절했죠. 스콧 라파로와의 마지막 녹음이 담긴 음반이 출시될 때, 다만 몇 자라도 라이너 노트를 써 줄 수 있느냐는 음반사의 부탁에도 응답하지 않았어요.

CONCERT
빌 에반스 트리오
'뉴욕 클럽 공연'
1961년 6월 25일 일요일
빌리지 뱅가드

ALBUM
《선데이 앳 더 빌리지 뱅가드
(Sunday at the Village Vanguard)》
(Riverside, 1961)

SONG FOR YOU
「마이 맨스 곤 나우
(My Man's Gone Now)」

오랜 침묵 끝에 간신히 기운을 차린 빌 에반스는 새로운 멤버들을 영입해 트리오 활동을 이어 나갔습니다. 재즈 기타리스트 짐 홀과 함께 피아노와 기타 듀오 음반을 발표하며 섬세한 음악성을 또 한 번 입증하기도 했죠. 하지만 스콧 라파로와 작별한 이후 빌 에반스의 삶은 눈에 띄게 무너져 갔어요. 약물 중독은 나날이 심해졌고, 가족과 연인이 잇달아 세상을 떠나는 불행까지 겹치면서 그의 영혼은 돌이킬 수 없을 만큼 고독해졌지요. 51세의 나이로 세상을 떠난 그의 사인은 오랜 마약 복용으로 인한 부작용과 만성 간염이었지만, 그의 삶을 곁에서 지켜본 친구 진 리스는 '빌 에반스의 생은 세상에서 가장 긴 자살이었다'고 표현했습니다.

어쩌면 1961년 6월의 어느 일요일, 그날은 빌 에반스 트리오의 세 청년이 가장 건강하고 행복했던 순간이 아니었을까요. 빌리지 뱅가드에서 녹음된 음반에 담긴 그들의 싱그러운 연주를 들을 때마다 자꾸만 가슴 한편이 아려 오는 건, 그 시절 그들이 나눈 찬란한 순간들이 꼭 내 것인 양 애틋하고 그리워서인지도 모르겠습니다.

삶이란 그런 것이죠. 그것이 마지막임을 모르는 채로 떠나보내는 순간들의 연속. 그래서 더욱 오늘의 만남이, 오늘의 음악이 소중한 것 같습니다.

1961년 6월의 뉴욕,
스콧 라파로를 그리워하며

계획 좀 틀어지면 어때

극영화에서 다큐멘터리로,
버트 스턴의 〈한여름밤의 재즈〉

BERT STERN

제가 뉴포트재즈페스티벌을 소재로
다큐를 찍으려 로케이션을 보러 왔다가
찍지 않기로 했다고 말하니
그가 '왜요?'라고 물었어요.
저는 '너무 어렵기 때문'이라고 답했죠.
그러자 그가 '아니에요, 당신은 꼭
이 다큐를 만들어야 해요!'라고 하는 겁니다.
당시 우리는 비행기를 타고 구름 위를 날고 있었는데,
그때 어떤 힘이 느껴져서 마음을 바꿨어요.
많은 경우 내 첫 직감이 옳았기에,
어려울 걸 알면서도
다큐멘터리를 제작하기로 결심했죠.

버트 스턴
연도 미상의 인터뷰

당신은 계획형인가요? 혹은 그 반대인가요?

매사에 계획을 철저히 세우고 그대로 실행하는 게 기본이라고 생각하는 사람이 있는가 하면, 상황에 따라 그에 맞게 대처하는 게 더 유연한 자세라고 여기는 사람도 있죠. 각자의 성향 차이여서 옳고 그름을 나누는 건 무의미합니다. 다만 어느 쪽이라도 이 사실만큼은 부인할 수 없을 거예요. 때로는 예상치 못한 상황이 더 특별한 순간을 선물하기도 한다는 걸. 쏟아지는 비를 피해 들어간 낯선 카페에서 취향에 딱 맞는 음악이 흘러나오거나, 비행기가 결항되는 바람에 하루 더 머물게 된 도시에서 뜻밖의 인연을 만나게 되는 것처럼요.

특히 뛰어난 예술가들은 갑작스럽게 마주한 변화나 난관을 새로운 기회로 삼는 데 더 열려 있는 것 같아요. 사진작가 앙리 카르티에 브레송은 잡지에 쓰일 사진을 촬영하고자 2주간의 짧은 일정으로 중국에 방문했다가 현지의 정치적 이슈로 10개월이나 발이 묶이게 되었는데요, 국민당에서 공산당으로 지배 체제가 넘어가는 격변기를 담은 사진들은 그의 사진집《결정적 순간》의 한 챕터를 장식하며 20세기 포토저널리즘의 대표작으로 평가받게 됐죠. 영화감독 왕가위는 대작 무협 영화 〈동사서독〉을 촬영하느라 영화사가 재정적으로 궁지에 몰리자 〈동사서독〉을 편집하던 도중 얼른 소규모 로맨스 영화를 만들었어요. 그런데 그 작품이 바로 세계 영화계에 자신만의 독특한 영화 미학을 각인시킨 〈중경삼림〉이 되었죠.

1958년, 미국 로드아일랜드 주의 항구 도시 뉴포트에 도착한 한 청년도 그런 유형의 예술가였어요. 사진작가이지만 한편으론 영화감독을 꿈꿨던 그는 소년과 소녀의 사랑 이야기를 담은 극영화를 만들겠다는 구상을 하고 그 도시에 방문했죠. 그러나 그가 완성한 건 처음 계획과는 전혀 다른 작품이었어요. 그게 바로 〈한여름밤의 재즈〉라는 음악 다큐멘터리랍니다. 오늘은 당신에게 이 이야기를 들려주고 싶어요.

　그 사진작가가 누구냐고요? 어쩌면 당신도 알지 몰라요. 미국 최고의 패션 사진작가 중 한 명으로 기억되는 버트 스턴이거든요. 그는 마릴린 먼로의 절친한 친구이자 그녀의 마지막 화보를 촬영한 작가로도 잘 알려져 있죠. 하지만 그가 뉴포트에 방문했을 땐 이제 막 사진작가 경력을 시작한 스물여덟 살의 청년이었어요.

　'서른 살이 되기 전에 내 영화를 만들고 싶어.'

　버트 스턴은 열정적인 시네필이었어요. 특히 당시 유행한 프랑스의 누벨바그 영화들에 매료되어 있었고, 자신도 그런 영화를 찍고 싶다는 열망으로 가득했습니다. 사진작가로서 일을 시작하자마자 인상적인 광고 사진으로 업계에 이름을 알렸지만, 이대로 시간이 지나 버리면 영화에 대한 꿈을 영영 실현할 수 없을 거라는 불안감이 그를 괴롭히고 있었어요.

마침내 영화를 찍겠다는 결심을 실행에 옮긴 그는 자신이 존경하는 누벨바그 감독들의 방식을 따랐어요. 할리우드식 스튜디오가 아닌 실제 거리를 배경으로 촬영하는 영화를 구상하다가 뉴포트라는 항구 도시를 골랐죠. 그리고 전문 배우 대신 그 지역에서 즉석으로 섭외한 사회적 배우들을 출연진으로 꾸렸어요. 소년과 소녀가 서로에게 사랑에 빠지면서 관계가 깊어지는 이야기의 시나리오도 준비했지만, 즉흥연기를 이끌어 내기 위해 배우들에게 공유하지 않았다고 하네요.

하지만 뉴포트에서 시작된 리허설은 그의 기대와 많이 달랐어요. 리허설을 거듭할수록 이야기 속 갈등은 너무 단조롭게 느껴졌고, 배우들의 눈빛에서도 열기가 서서히 사그라드는 것이 보였죠. 카메라를 설치하고 본 촬영에 들어가자 상황은 더 안 좋아졌어요. 기준으로 삼을 만한 대본이 없다 보니, 문제가 생길 때마다 배우들과 스태프들이 우왕좌왕하거나 아예 손을 놓아 버렸기 때문이죠. 결국 버트 스턴은 극영화 작업을 더 이어 갈 수 없겠다는 결론을 내려야만 했습니다.

'이대로 뉴포트를 떠나야 하는 걸까….'

버트 스턴은 어쩐지 망설이고 있었어요. 이 매력적인
항구 도시에서 자신이 할 수 있는 무언가가 아직 남아 있
다는 직감이 그를 붙잡고 있었던 걸까요.

바로 그때, 그는 우연히 솔깃한 이야기를 듣게 됩니다.
뉴포트에서 매년 재즈 페스티벌이 열린다는 소식이었죠.
평소 알고 지내던 작가 장 스타인(미국 엔터테인먼트 기업
MCA 창립자의 딸)이 뉴포트재즈페스티벌의 공동 설립자
중 한 명인 일레인 로릴라드와 나누는 대화를 듣게 된 거
예요. 그는 당장 장 스타인에게 물었죠.

"뉴포트에서 재즈 페스티벌이 열리는 게 사실이야?"

"몰랐어?"

뉴포트라는 도시와 재즈의 조합은 버트 스턴에겐 다소
생경했던 것 같아요. 그는 재즈를 잘 알지도 못했고 별로
좋아하지도 않았거든요. 그저 재즈가 미국 남부 뉴올리언

스의 흑인 빈민가에서 태동한 음악이라는 사실 정도를 알
고 있었고, 그래서 북부의 부유한 휴양 도시인 뉴포트에
서 재즈를 즐긴다는 게 이상하다고 생각했죠. 지금이야 뉴
포트가 재즈의 도시로 명성을 떨치고 있지만, 1958년이면
뉴포트에서 페스티벌을 개최한 지 4년밖에 지나지 않은
시점이니 그럴 만했다 싶기도 해요.

뉴포트와 재즈― 그 의외의 만남은 그렇게 버트 스턴의
호기심을 자극했어요. 그는 극영화 대신 뉴포트재즈페스
티벌을 촬영하기로 계획을 바꾸고, 공연장이 어떤지 확인
하기 위해 현장으로 달려갔습니다.

그런데 현장에 도착한 그는 실망감을 감추지 못했어요.
수만 명의 관객이 환호하는 드넓은 공연장을 상상했는데,
어느 고등학교의 소박한 뒤뜰이 전부였거든요. 이렇게 보
잘것없는 곳에서 열리는 공연을 촬영해 봐야 건질 게 없
을 것 같았어요. 들떴던 마음은 빠르게 식었죠.

하지만 복귀하는 비행기에서 그는 옆자리에 앉은 승객
과 뜻밖의 대화를 나누게 됩니다. 영화 및 재즈 애호가인

찰리 맥워터라는 이름의 변호사였죠.

"뉴포트에서 뭘 하고 돌아가는 길인가요?"

"혹시 뉴포트재즈페스티벌이라고 아세요? 그 축제를 촬영할까 하고 로케이션을 둘러봤어요. 그런데 그냥 관두려고요."

"아니, 왜요?"

"상황이… 너무 어렵거든요."

"상황이 어려우면 얼마나 어렵다고 그래요. 아직 포기하지 말아요. 당신은 그 다큐를 꼭 만들어야 해요."

극영화를 접고 다큐멘터리를 만들려다가 그 계획마저 포기하고 돌아가던 길에 처음 만난 누군가로부터 받은 진심 어린 응원. 앞이 보이지 않는 구름 속을 전속력으로 통과하고 있던 청년 버트 스턴의 마음을 그 응원이 다시 흔들었습니다. 결국 그는 뉴포트재즈페스티벌을 촬영하기로 결심했죠.

버트 스턴의 결정에 크게 기뻐하면서도 근심에 빠진 사

람이 있었습니다. 바로 뉴포트재즈페스티벌의 설립자 중한 명인 조지 웨인이었죠. 그는 자신이 만든 이 의미 있는 축제를 영상으로 남기려 몇 번이나 시도했지만, 저마다 쟁쟁한 음반사와 계약을 맺고 있는 재즈 스타들의 복잡한 라이선스 문제로 번번이 단념해야 했거든요.

그러나 버트 스턴에게는 젊은이 특유의 패기가 있었습니다.

"다큐가 훌륭하게 나온다면 모두 허락하지 않을까요? 저는 자신 있으니 일단 촬영하고, 라이선스는 나중에 해결하시죠. 대신 계약 문제 때문에 개봉하지 못하게 되면 저희도 손해가 크니, 축제가 진행되는 나흘 내내 촬영하기는 어렵겠어요. 제가 원하는 뮤지션들이 토요일 하루에 몰아서 나오도록 일정을 잡아 주세요."

재즈에 대해 잘 알지 못했던 버트 스턴은 수많은 재즈 명반을 발매한 대형 음반사 컬럼비아 레코즈를 찾아가서, 그곳 소속의 유명 프로듀서인 조지 아바키안을 음악감독으로 섭외했어요. 그리고 그와 함께 어떤 뮤지션을 촬영하면 좋을지 상의한 다음 정리된 명단을 조지 웨인에게 전달했죠.

조지 웨인은 자신의 라인 프로듀싱 역량을 최대한 발휘해 수많은 재즈 스타들과 일정을 조율했어요. 그로써 루이 암스트롱, 델로니어스 몽크, 게리 멀리건, 아트 파머, 아니타 오데이, 다이나 워싱턴, 마할리아 잭슨, 지미 주프리, 소니 스팃, 조지 시어링, 치코 해밀턴, 에릭 돌피 등 수많은 별들이 토요일 무대에 오를 수 있게 되었습니다. 물론 이 선택에 따라 또 다른 훌륭한 무대들은 눈을 질끈 감고 촬영을 포기해야 했지만요. 듀크 엘링턴 오케스트라, 마일스 데이비스 섹스텟, 데이브 브루벡 쿼텟, 레스터 영, 소니 롤린스, 레이 찰스 등 기라성 같은 뮤지션들의 무대가 다큐에 등장하지 않은 이유예요.

하지만 마냥 아쉬워하고만 있을 순 없었어요. 고대했던 촬영일이 숨가쁘게 다가오고 있었으니까요. 원래 뉴포트에서 극영화를 만들려고 했던 버트 스턴은, 정신을 차려 보니 어느새 재즈 역사상 가장 위대한 기록물을 만들 순간을 앞두고 있었죠.

*

"자, 출발합시다."

모든 준비를 끝낸 버트 스턴은 카메라 다섯 대를 들고
스태프들과 함께 뉴포트로 향했어요. 영화 촬영용 '아리
플렉스ARRI FLEX'도 있었지만, 대부분의 카메라는 뉴스 촬
영용 '아이모Eyemo'였죠. 아이모는 2차 세계대전 당시 전
쟁 기자들이 사용했을 만큼 휴대성과 견고함을 갖춘 카메
라예요. 군 복무 시절 그 카메라를 다뤄 보았던 버트 스턴
은 재즈라는 음악의 즉흥성을 포착해야 하는 이번 작업에
아이모가 제격이라고 확신했어요.

필름은 코닥에서 나온 35㎜ 컬러 네거티브 필름을 사용
했어요. 당시 영화나 다큐멘터리의 표준은 흑백이었기에
관계자들은 이 선택이 다소 파격적이라고 생각했죠. 하지
만 버트 스턴은 푸른 잔디와 화창한 하늘 등 야외 축제의

CONCERT   ALBUM   SONG FOR YOU
미국 '뉴포트재즈페스티벌'   버트 스턴·아람 아바키안   지미 주프리
1958년 7월 3~6일 목~일요일   〈한여름밤의 재즈〉(1959)   「더 트레인 앤 더 리버
                                               (The Train and the River)」

생기를 담는 것이 중요하다고 판단했고, 흑백 필름은 아예 챙기지도 않았어요.

사진작가답게 그는 촬영에도 남다른 열정을 보였답니다. 다섯 대의 카메라 중 한 대는 자신이 직접 담당했죠. 무대 전체를 담는 롱숏, 중앙 미디엄숏, 무대 왼쪽과 오른쪽의 미디엄숏은 다른 촬영감독들에게 맡기고, 본인은 아리 플렉스에 평소 사진 촬영에 사용하던 180㎜ 망원렌즈를 달아 클로즈업숏을 책임졌어요.

처음으로 촬영한 무대는 색소폰을 든 지미 주프리와 그 밴드가 연주하는 「더 트레인 앤 더 리버The Train and the River」였어요. 연주를 들으면서 왠지 하늘을 나는 갈매기의 이미지를 떠올린 버트 스턴은 이튿날 아침 갈매기를 찍으러 부두로 나갔다고 해요. 하지만 아쉽게도 갈매기는 한 마리도 보이지 않았어요. 대신 버트 스턴은 그와 비슷한 이미지를 발견했어요. 바로 부두를 둘러싼 바닷물, 갈매기의 날갯짓처럼 일렁이는 물결이었습니다. 그는 다양한 화각으로 물결의 리듬을 촬영하면서 머릿속으로는 지미 주

프리의 색소폰 선율을 떠올렸어요.

　훗날 이 장면은 다큐멘터리의 오프닝에 실리게 된답니다. 지미 주프리의 색소폰 연주를 배경으로 뉴포트의 바닷물이 춤을 추죠. 그 장면을 보고 있으면 버트 스턴이 재즈를 이해하는 방식이 그대로 느껴져요. 그는 재즈를 단지 청각적으로 받아들이는 것이 아니라, 그 소리에서 포착되는 움직임을 시각적으로 표현해 내는 사람이죠. 그건 정말 특별한 재능이에요.

　버트 스턴의 감각은 작품 속에서 내내 빛났습니다. 그는 카메라로 단지 무대만 비추는 것이 아니라 무대 바깥의 풍경까지 부지런히 훑으면서 재즈와 도시 이미지가 마구 뒤엉킨 장면들을 엮어 냈죠. 특히 컨버터블 자동차를 타고 연주하며 마을을 누비는 예일대학교 앙상블 밴드의 모습, 아메리카컵 요트 경기가 열리는 바다, 숙소에서 재즈 뮤지션들이 땀 흘리며 연습하는 모습, 뉴포트와 롱아일랜드의 마을에서 포착한 사람들의 우스꽝스러운 일상 등 무대 바깥에서 버트 스턴이 수집한 풍경들은 이 작품의 백미라 할 만큼 사랑스럽습니다. 마치 카메라를 악기 삼아 선보이는 즉흥연주처럼 자유롭게 느껴지기도 하고요.

그렇게 버트 스턴은 자신도 모르는 사이 재즈의 매력에 빠져들었어요. 촬영 전에는 들어 본 적도 없는 아니타 오 데이의 노래를 들으면서 황금빛으로 빛나는 보물을 발견한 기분을 느꼈고, 루이 암스트롱의 무대를 찍으면서는 그의 재치 있는 입담과 자유로운 연주에 저절로 함박웃음을 지었죠. 어쩌면 그가 극영화 대신 재즈 다큐멘터리를 찍게 된 건 우연이 아니라 필연이 아니었을까요? 유연하고 즉흥적인 기질을 지닌 그의 영혼이 본능적으로 재즈의 정신에 이끌렸던 것인지도 모르겠어요.

〈한여름밤의 재즈〉라는 이름을 붙인 이 작품을 1959년 베니스 영화제에서 선보인 뒤 버트 스턴은 2013년 세상을 떠날 때까지 오로지 사진 작업에만 몰두했어요. 그래서 이 작품은 평생 사진작가로 살았던 그의 경력에 유일한 필모 그래피로 남았죠. 그러나 그 한 편이 거둔 성취는 남달랐습니다.

일단 〈한여름밤의 재즈〉는 야외 콘서트 실황을 담은 최초의 다큐멘터리예요. 대규모 록 페스티벌의 장면을 기록한 다큐멘터리의 고전 〈우드스탁: 사랑과 평화의 3일〉보다도 11년이나 앞선 작품이죠. 1999년에는 미국 의회도서관이 〈한여름밤의 재즈〉를 문화적, 역사적, 미학적으로 인류가 기억해야 할 작품이라는 뜻에서 영구 보존물로 지정하고, 2022년에 4K 리마스터링 작업을 지원했어요. 이를 계기로 얼마 전 한국을 포함해 전 세계 극장 곳곳에서 이 작품을 새롭게 개봉하기도 했죠. 이처럼 오랜 시간이 지나도 꾸준히 재평가되고 재개봉되는 건 이 다큐가 지닌 가치가 그만큼 특별하다는 사실의 방증일 거예요.

저는 〈한여름밤의 재즈〉가— 버트 스턴이 처음의 계획만 고집했거나, 계획에 차질이 생겼다고 해서 포기해 버렸다면 우리가 결코 받지 못했을 선물이라 생각해요. 비록 버트 스턴이 원래 꿈꾸었던 형태의 극영화는 영영 만날 수 없게 되었지만, 대신 우리는 파도가 일렁이고 별이 반짝이는 여름의 항구 도시에 재즈 선율이 가득했던 그날의 감동을 영원히 간직하게 되었으니까요.

이 다큐멘터리에 감명받은 사람들은 그를 만날 때면 가끔 묻곤 했습니다. 영화를 더 만들지 않은 것에 후회는 없느냐고 말이죠. 그때마다 버트 스턴은 이렇게 대답했어요. "아뇨, 후회하지 않습니다. 물론 제가 영화를 했다면 좋은 영화감독이 되었을 거라 생각해요. 그랬다면 제 경력은 사진 대신 영화가 되었겠죠."

참 멋지지 않아요? 가지 않은 길에 후회나 미련을 두지 않으면서도 또 다른 길의 가능성을 외면하지 않고 긍정하는 모습.

그러니 계획이 좀 틀어지면 어때요. 버트 스턴이 그랬던 것처럼, 예상치 못한 방향 전환이 우리를 더 근사한 길로 이끌어 줄지도 모르잖아요. 그리고 그 길 위에서 내린 선택들을 후회하기보다는 그 선택이 무엇이든 당신을 더 좋은 곳으로 데려가 줄 기회로 바라보면 좋겠어요. 그럼 앞으로 펼쳐질 날들을 더 설레는 마음으로 바라볼 수 있을 테니까요. 그것만으로도 삶은 좀 더 재밌어질 거예요.
그렇지 않나요?

1958년 7월의 뉴포트,
뜻밖의 선물 같던 그 여름의 축제에 당신을 초대하며

재즈가 사랑을 만나면

무대 위 세 개의 사랑,
칼라 블레이의
샌프란시스코 콘서트

CARLA BLEY

음악은 스스로 일어설 수 있어요.
저도 그렇죠.
다만 혼자가 아닐 뿐이에요.

칼라 블레이
매거진 〈KAPUT〉 인터뷰 (2019)

당신도 누군가를 사랑해 본 적이 있겠죠.

서로를 향한 설렘과 확신으로 행복에 겨웠던 순간 말이에요. 멀어지면 사라질세라 손으로 꽉 움켜쥐려 할 때도 있었나요. 그렇게나 가까웠던 사랑이 아득히 멀어지는 것을 느낄 때면 남몰래 울기도 했겠지요. 하지만 그렇게 끝나 버린 사랑이라도 아주 무의미하지는 않았을 거라 믿어요. 그 시간 동안 당신은 좀 더 단단해졌을 것이고, 새롭게 찾아온 사랑 앞에서 더 성숙해졌을 테니까요.

사랑이란 그런 것이죠. 처음에는 상대만을 바라보다가도 어느새 나를 마주하게 되는 일. 그래서 우리는 사랑할 때마다 내가 누구인지 조금씩 더 이해하게 되는지도 모르겠습니다.

사랑에 대해 이야기하니 1981년 8월, 샌프란시스코에서 열린 칼라 블레이의 콘서트가 떠오르네요. 그날 무대 위에는 세 개의 사랑이 있었어요. 지나간 과거의 사랑, 선명한 현재의 사랑, 그리고 아직 피어나지 않은 미래의 사랑. 그 세 번의 사랑이 칼라 블레이의 삶에 찾아온 사랑의 전부였죠. 하나의 사랑이 도착하고 떠나갈 때마다 칼라 블레이의 음악은 더 깊어지고 자유로워졌어요. 오늘은 그 이야기를 해 보고 싶습니다.

고풍스러운 장식으로 유명한 '그레이트 아메리칸 뮤직홀.'
무대에 오른 칼라 블레이는 객석을 가득 채운 500여 명의 관객들을 향해 밝게 미소 지었어요. 사자의 갈기처럼 풍성한 그녀의 머리칼이 조명을 받아 환하게 빛났죠. 1960년부터 피아니스트이자 작곡가로 활동한 그녀는 아방가르드 재즈를 중심으로 대형 앙상블 밴드를 이끄는 리더로 잘 알려져 있었습니다. 관객들은 그녀의 샌프란시스코 방문을 환영하듯 크게 환호했어요.

"반갑습니다, 칼라 블레이입니다!"

칼라 블레이. 바로 이 이름으로부터 그녀의 사랑 이야기를 시작하고 싶어요. 그녀의 이름에 그 사랑의 흔적이 남아 있기 때문이죠. 열일곱 살 소녀였던 칼라가 뉴욕의 재즈 클럽에서 만난 음악가 폴 블레이 말이에요.

당신이 어릴 때 했던 가장 대범한 일은 무엇인가요? 호기심이나 반항심 때문이 아닌, 진심으로 자신의 꿈을 위해 한 일 중에서 말이에요. 열두 살 무렵부터 재즈에 푹 빠진 칼라는 열일곱이 되던 해에 아무 대책도 없이 무작정 뉴욕으로 향했어요. 그리고 '버드랜드'와 같은 재즈 클럽들을 돌아다니며 담배, 사탕, 껌 따위를 팔았죠. 돈을 벌면서 라이브 재즈 연주를 실컷 들을 수 있다는 이유로 말이에요. 스웨덴계 이민자 가정에서 태어나 캘리포니아 오클랜드에서 자란 칼라는, 이처럼 자신의 꿈을 향해 용기 있게 직진하는 소녀였어요.

남들은 '담배 아가씨'로만 여기는 칼라가 사실은 재즈를 향한 남다른 열정을 품고 있다는 걸 알아본 사람이 바로 폴 블레이였어요. 캐나다 출신의 피아니스트이자 작곡가로, 당시 버드랜드의 연주자였던 그는 틈틈이 칼라에게 재즈 피아노를 연주하는 법과 작곡하는 법을 가르쳤어요. 고등학교도 마치지 못한 칼라였지만 피아노 선생님이자 교회에서 오르간을 연주했던 아버지에게서 피아노를 배웠던 덕에 폴이 알려 주는 것들을 빠르게 익힐 수 있었죠.

재즈 스승과 제자로 맺어진 두 사람의 관계는 마치 즉흥연주의 테마가 변화하듯 자연스럽게 연인으로 발전했고, 몇 년 뒤 결혼에까지 이르렀어요. 그때부터 칼라는 원래 성이었던 '보그Borg' 대신 폴의 성인 '블레이Bley'를 따라 칼라 블레이라는 이름으로 활동하기 시작했죠.

폴 블레이는 칼라의 당찬 성격과 자유로운 태도를 좋아했고, 무엇보다 그녀가 작곡한 음악들을 사랑했어요. 폴은 칼라의 곁에서 작곡에 대한 아이디어를 주기도 하고, 기회가 될 때마다 그녀의 곡을 클럽 무대에서 연주했습니다. 말하자면 폴은 칼라에게 재즈 피아노와 작곡을 가르쳐 준 스승이자, 칼라의 음악을 가장 먼저 알아보고 좋아한 첫 번째 팬이기도 했던 거예요.

하지만 운명인 듯 찾아온 사랑이라도 때가 되면 떠나가는 법이죠. 두 사람의 결혼 생활은 오래지 않아 끝나 버렸고, 칼라는 폴과 이혼한 뒤 두 번의 결혼을 더 하게 돼요. 놀라운 점은 그럼에도 그녀가 블레이라는 성을 평생 간직했다는 거예요.

왜 그랬을까요? 정확한 이유는 잘 모르겠어요. 그저 칼라 블레이라는 이름으로 인지도를 얻었으니 활동명을 바꾸기가 부담스러웠을 수도 있었을 거예요. 하지만 저는 칼라의 풀네임을 들을 때마다 그녀가 자신의 음악적 정체성을 이루는 하나의 요소로 폴 블레이의 흔적을 간직하고 싶었던 게 아닐까 상상해 보곤 합니다. 폴은 칼라가 재즈라는 세상에 막 들어섰을 때, 길을 잃지 않도록 동행해 준 사람이니까요.

이런 상상이 가능한 건, 폴 블레이 역시 칼라와 이별한 뒤로도 삶에서 그녀의 존재를 지우지 않았기 때문이에요. 그는 이혼 후에도 칼라의 곡만을 연주한 음반을 발표했거든요.《폴 플레이스 칼라Paul Plays Carla》같은 음반 말이에요. 비록 결혼으로 맺어진 둘의 사랑은 끝났지만, 음악으로 시작된 두 사람의 우정은 이어진 거죠.

이제 칼라의 두 번째 사랑 이야기를 해 볼까요. 그러려면 다시 샌프란시스코 콘서트 현장으로 돌아가야겠어요.

관객들에게 인사를 마친 칼라 블레이는 피아노, 오르간, 글로켄슈필 사이에 있는 자신의 자리로 걸어가 의자에 앉았어요. 무대 중앙의 밴드 스탠드에는 연주자들이 저마다 악기를 들고 서 있었죠. 그중 한 자리에는 트럼펫을 든 남자가 묵묵히 자리 잡고 있었어요. 그가 바로 칼라 블레이의 두 번째 남편, 마이클 맨틀러예요.

칼라 블레이는 마이클 맨틀러를 바라보며 '이제 시작하자'는 뜻으로 고개를 살짝 끄덕였어요. 그도 준비가 되었다는 뜻으로 트럼펫을 고쳐 잡았고요. 그 찰나의 교감으로 그날의 첫 무대가 시작됐어요. 긴말을 하지 않아도 서로를 이해하는 두 사람의 모습은 그렇게나 자연스러웠어요. 어찌 보면 당연한 일이죠. 당시 두 사람은 결혼한 지 어느덧 16년 차에 접어든 부부였으니까요.

두 사람의 첫 만남도 음악 속에서 이루어졌어요.

오스트리아 출신의 트럼펫 연주자이자 작곡가인 마이클 맨틀러는 1960년대 중반 뉴욕에 막 정착했던 시기에 칼라 블레이의 음악에 매료되어 그녀의 공연을 자주 찾았습니다. 서로의 음악 세계에 깊이 공감한 것을 넘어 서로를 사랑하게 된 그들은 1965년에 결혼했고, 그즈음 함께 '재즈 작곡가 오케스트라 협회'라는 의미의 JCOA를 설립하며 음악적 비전 안에서 일심동체가 되었어요.

어떤 연인을 보면 그런 마음이 들 때가 있잖아요. 저 두 사람, 참 잘 만났다― 하는 마음 말이에요. 칼라 블레이와 마이클 맨틀러가 꼭 그런 연인이었어요. 두 사람의 음악적 협업이 그야말로 조화로웠거든요. 칼라가 음악 안에서 자유롭게 상상력을 펼치면, 마이클은 그 과감한 비전을 현실로 만들기 위해 필요한 일들을 알아서 척척 해냈죠.

칼라 블레이의 대표작《에스컬레이터 오버 더 힐Escalator over the Hill》이 바로 그 증거랄까요. 무려 50명에 달하는 연주자가 3년에 걸쳐 녹음한 이 음반은 재즈, 록, 인도 음악, 심지어 문학 요소까지 버무린 90분 분량의 대규모 실험작으로, 마이클 맨틀러가 제작과 코디네이션을 맡았어요. 당연히 트럼펫 연주로도 참여했고요. 전대미문의 이 야심찬 프로젝트는 '포스트밥 시대의 가장 위대한 아방가르드 재즈 음반'이라는 찬사를 받았죠. 모두 칼라 블레이의 혁신적인 음악적 감각과 마이클 맨틀러의 치밀한 프로듀싱이 완벽하게 조화를 이룬 덕분이라 할 수 있습니다.

샌프란시스코 콘서트도 만만한 프로젝트가 아니었어요. 열 명의 연주자와 열네 개의 악기가 동원된 대규모 앙상블 작업이라 누구 하나 집중력이 흐트러지면 공연이 산으로 가 버릴 수 있었거든요. 하지만 두 사람이 10년 넘게 수많은 도전을 함께 해내면서 맞춰 온 호흡 덕분에 이 거대한 프로젝트는 놀라울 정도로 자연스럽게 흘러갔습니다. 그들의 음악이 가진 혁신성과 실험성이 여전히 빛나는 가운데, 한결 여유로워진 숨결이 느껴지는 공연이었어요.

안타깝게도 두 사람의 사랑은 샌프란시스코 콘서트로부터 몇 년 뒤 막을 내립니다. 하지만 그들이 재즈계에 남긴 발자취는 영원히 지워지지 않을 만큼 선명했어요. JCOA를 통해 보여 준 색다른 시도들은 현대 재즈계의 여러 음악가들을 자극했고, 두 사람이 함께 만든 음악은 지금도 널리 사랑받고 있으니까요.

∗

이야기는 여기서 끝나지 않아요. 앞서 예고했듯 칼라 블레이의 삶에는 세 번째 사랑이 찾아오니까요. 그 주인공은 그날 무대에 있던 또 한 명의 남자— 바로 베이시스트 스티브 스왈로우랍니다.

스티브 스왈로우는 더블베이스로 재즈계에 데뷔했지만 누구보다도 빠르게 일렉트릭 베이스 기타로 전향했을 만큼 도전적인 연주자였어요. 샌프란시스코 콘서트에서도 칼라 블레이의 연주와 지휘에 집중하며 일렉트릭 베이스

기타의 현을 튕기고 있었죠. 여러 곡 가운데 당신에게 「스틸 인 더 룸 Still in the Room」을 들려주고 싶어요. 칼라 블레이의 피아노 연주 위에 흐르는 스티브 스왈로우의 또렷한 베이스 기타 소리, 그리고 이어지는 마이클 맨틀러의 서정적인 트럼펫 멜로디가 매력적인 곡이죠.

음악 안에서 언제나 도전을 추구해 온 칼라 블레이 역시 스티브의 진취적인 면이 마음에 들었겠죠. 하지만 이건 미처 몰랐을 거예요. 스티브가 자신의 세 번째 남편이자 생의 마지막 연인이 되리라는 사실을 말이죠.

두 사람의 인연은 공교롭게도 폴 블레이로부터 시작되었습니다. 칼라가 폴의 아내였던 1959년경, 당시 폴과 함께 종종 연주하는 베이시스트가 스티브 스왈로우였거든요. 폴과의 결혼은 단 몇 년으로 끝난 반면 폴을 통해 안면을 튼 스티브와는 훗날 반평생에 가까운 40년을 함께했으니, 사랑의 운명은 참 알다가도 모를 일이에요.

폴 블레이와 마이클 맨틀러가 그랬듯, 스티브 스왈로우 역시 칼라 블레이를 만나자마자 그녀의 음악성에 매료된

CONCERT
칼라 블레이 '샌프란시스코 콘서트'
1981년 8월 19~21일 수~금요일
그레이트 아메리칸 뮤직 홀

ALBUM
《라이브!(Live!)》
(Watt/ECM, 1982)

SONG FOR YOU
「스틸 인 더 룸
(Still in the Room)」

연주자였어요. 하루에 고작 5달러를 받으며 연주 생활을 이어 가던 넉넉지 않은 형편이었음에도 칼라 블레이에게 작곡을 의뢰했고, 칼라는 그에게 「사일런트 스프링Silent Spring」이라는 곡을 만들어 주었죠.

칼라 블레이 역시 스티브 스왈로우의 베이스 연주를 좋아했어요. 또 자신의 음악 세계에 관심을 보이는 그에게 음악 동료로서 호감을 갖고 있었죠. 결국 1978년에 스티브 스왈로우가 칼라 블레이 밴드의 정식 멤버가 되면서 두 사람의 인연은 더욱 깊어졌어요.

그 후로도 한동안 두 사람의 관계는 밴드 리더와 멤버, 그 이상도 이하도 아니었어요. 연인의 감정으로 가까워지기 시작한 건 7년 뒤, 어느 음반을 녹음하던 1985년의 여름이었죠.

칼라 블레이의 연인이 된 스티브 스왈로우는 그녀의 음악을 누구보다 깊이 이해하는 연주자이자 사랑의 동반자로서 수많은 음반 작업을 도왔어요. 특히 단둘이 만든 듀엣 음반들은 커버 사진에서부터 두 사람의 깊은 애정이

고스란히 드러나죠. 두 사람이 장난스럽게 입을 맞추려는 모습이 실린 《듀엣츠Duets》, 숲길을 함께 걷는 뒷모습이 실린 《고 투게더Go Together》 같은 음반들 말이에요.

그들은 맨해튼에서 멀리 떨어진 조용한 숲 끝자락에 집을 짓고 살았어요. 휴대폰도 소유하지 않았을 만큼 외부와의 단절을 추구했고, 공연할 때를 제외하면 오직 음악과 사랑에만 몰입하는 나날을 보냈죠. 매년 겨울마다 영국령 버진아일랜드의 작은 섬으로 떠나 함께 음악을 쓰는 것이 그들만의 특별한 의식이었어요.

뇌종양의 합병증으로 쇠약해진 여든둘의 칼라는 스티브 스왈로우가 곁을 지키는 가운데 그 집에서 조용히 숨을 거두었어요. 2023년 가을의 일이었습니다.

"우리는 음악이 아니어도 함께했을 거야."

칼라 블레이는 자신의 마지막 연인 스티브 스왈로우에게 그렇게 말하곤 했어요. 스티브를 향한 그녀의 애정이 얼마나 깊은지 잘 느껴지는 말이죠. 음악이라는 매개 없이

도 그를 사랑했을 거라는, 즉 그들의 인연이 음악적 교감을 초월한 운명임을 받아들이는 고백이니까요.

아이러니하게도 이 말은 그녀의 삶에서 음악과 사랑이 한 번도 분리된 적이 없다는 걸 드러내 주는 것 같기도 합니다. 자신에게 재즈 피아노와 작곡을 가르쳐 준 폴 블레이, 현대 재즈에 대한 음악적 비전을 함께 실현한 마이클 맨틀러, 그리고 자신의 음악을 가장 깊이 이해해 준 연주자 스티브 스왈로우까지― 그녀에게 사랑은 늘 음악이라는 다리를 건너 찾아왔고, 음악은 사랑이라는 감정을 타고 더 깊어졌으니까요.

하지만 그렇다고 해서 칼라 블레이의 삶과 음악이 사랑에 의존적이었는가 생각하면 고개가 저어져요. 재즈사에서 그녀처럼 자율성이 강한 뮤지션을 찾기도 쉽지 않지요. 그녀는 독립적이었으나, 고립되어 있지 않았을 뿐입니다. 그래서 그녀의 삶이, 음악이, 더 자유로웠던 것 아닐까요.

당신의 삶에도 모든 사랑이 기분 좋은 멜로디처럼 기억에 남으면 좋겠어요. 짧은 간주처럼 스쳐간 사랑도, 긴 여

운을 남기는 발라드처럼 오래 머무는 사랑도, 모두 당신을
더욱 당신답게 만드는 의미 있는 음표가 되기를 바랍니다.

1981년 8월의 샌프란시스코,
모든 사랑을 담아

9월

음악 안에서
우리는 모두 친구

보사노바의 아버지,
안토니오 카를로스 조빔을 위한
상파울루 트리뷰트 콘서트

ANTONIO CARLOS JOBIM

보사노바는 본질적으로 삼바의 한 갈래이지만,
세상은 이를 재즈의 한 갈래로 보는 것 같아요.
하긴 요즘은 스윙감이 있는 것은 뭐든
재즈라고 하잖아요. 그만큼
재즈라는 말 자체가 넓은 의미가 됐어요.

안토니오 카를로스 조빔
밥 블루멘탈과의 인터뷰 (1995)

멀리 떨어져 있는 친구에게 문득 달려가고 싶은 날이 있잖아요.

익숙한 얼굴이 보고 싶어서, 예전처럼 함께 웃고 싶어서, 혹은 무슨 이유에선지 그저 곁에 있어 주고 싶어서 말이에요. 그럴 땐 아무래도 전화나 문자로는 부족하다는 생각이 들죠. 숨결과 체온이 느껴질 만큼 가까이 마주 앉아 친구의 눈을 바라보아야만 마음이 온전히 전달될 것 같은 그런 순간.

그때 망설임 없이 전철에 오르고, 차에 시동을 걸고, 비행기 티켓을 끊을 수 있다면 얼마나 좋을까요. 하지만 아쉽게도 마음처럼 사정이 따라 줄 때가 많지는 않습니다.

그럴 때 저는 이 공연을 떠올려요. 미국을 중심으로 활동하는 재즈 스타 뮤지션들이 보사노바의 창시자 안토니오 카를로스 조빔을 만나기 위해 기꺼이 브라질행 비행기에 올라 상파울루에서 펼친 트리뷰트 공연을요.

안토니오 카를로스 조빔은 아마 당신도 좋아하는 음악가겠지요. 언제 들어도 기분이 좋아지는 곡 「더 걸 프롬 이파네마 The Girl from Ipanema」의 작곡가잖아요. 톰 조빔이라는 이름으로도 알려진 그는 삼바의 열정적인 리듬과 재즈의 세련된 화성이 어우러진 브라질 음악의 새로운 물결, 보사노바를 탄생시킨 선구자입니다. 그가 만든 「데사피나도 Desafinado」와 「노 모어 블루스 No More Blues」 같은 곡들은 스탄 게츠나 엘라 피츠제럴드 등 여러 재즈 뮤지션이 자신의 주요 레퍼토리로 삼을 만큼 애정했고요. 이처럼 조빔은 브라질을 대표하는 작곡가일 뿐 아니라 재즈의 역사 전체에서도 중요한 인물입니다.

그를 향한 존경심으로 한달음에 브라질에 찾아온 재즈 뮤지션들은, 훗날 조빔이 타계했을 때 깊이 애도하는 동시에 마음 한편으론 안도감과 감사함을 느꼈을 거예요. 그때 비행기에 오르지 않았다면 조빔과 한 무대에 오르는 소중

The Girl From Ipanema

NOW PLAYING
Frank Sinatra & Antonio Carlos Jobim - The Girl From Ipanema [vocal]

한 경험을 영원히 놓치고 말았을 테니까요.

그날은 1993년 9월의 어느 월요일이었어요.

9월은 브라질에서 가장 날씨가 좋은 달이래요. 비가 자주 내리는 우기와 달리 내내 하늘이 맑고 낮과 밤의 기온이 적당할 때라 브라질을 제대로 여행하려면 9월을 노리라고 하죠. 그 기분 좋은 계절을 맞아 브라질에서는 여러 축제가 열리는데요, '프리재즈페스티벌Free Jazz Festival'도 그중 하나였어요. 여기서 '프리'는 오넷 콜맨이 창시한 프리재즈의 프리가 아니라 이 축제를 후원하는 담배 회사의 담배 이름이지만, 뭐 중요한 이야기는 아니죠.

중요한 건, 그 축제에 안토니오 카를로스 조빔을 위해 미국에서 브라질까지 열 시간이 넘는 비행 끝에 상파울루에 도착한 재즈 뮤지션들이 공연을 연다는 사실이었어요. 공연의 제목은 〈조빔을 위한 올스타 트리뷰트All-Star Tribute to Jobim〉였죠. 음악감독은 당시 그래미 3관왕(글을 쓰는 현재는 14관왕입니다만)에 빛나던 피아니스트 허비 행콕이었고요. 그는 공연을 시작하기 전 무대에 올라 객석을 바라보며 이렇게 입을 열었답니다.

"놀라운 일입니다. 상파울루까지 모셔 온 스타들이 한결같이 제게 말하더군요. 자신은 출연료 때문에 오지 않았다고, 돈과는 전혀 관계없이 오직 한 가지 이유로 이곳에 왔다고 말이죠. 바로 안토니오 카를로스 조빔의 음악을 사랑하기 때문이라고요. 오늘 밤 여러분은 그 사랑을 듣게될 것이고, 또한 느끼게 될 것입니다."

허비 행콕은 오직 조빔의 음악을 사랑하는 마음으로 참여한— 저마다 특별한 매력을 지닌 뮤지션들을 한 명씩 소개하며 무대 위로 불러냈어요.

"먼저 여러분께 멋진 가수를 소개하고 싶습니다. 훌륭한 피아니스트이기도 하며, 모든 행동에서 따뜻함과 아름다움이 배어나는 사람이죠. 그녀의 이름은 셜리 혼입니다."

가장 먼저 소개된 셜리 혼은 재즈 역사상 가장 느린 템포로 노래하기로 유명하죠. 보통 가수들이 60BPM으로 부르는 곡을 셜리 혼이 부르면 그 절반인 30BPM처럼 느껴지곤 했어요. 그녀가 피아노를 치며 노래할 때면 마치 시간이 더디 흐르는 듯한 느낌마저 들었지만, 이상하게도 결코 지루하지 않았어요. 단순히 박자만 느리게 부르는 것이 아니라 음절 사이사이에 절묘한 공간을 두고 그 여백을 통해 가사의 의미를 더욱 깊이 전달했거든요. 그녀가 이 무대에서 '걸'을 '보이'로 바꾸어 부른 「더 보이 프롬 이파네마The Boy from Ipanema」와 「원스 아이 러브드Once I Loved」도 마찬가지였죠. 관객들은 미처 놓지 못하고 있던 일상의 걱정들을 잠시 내려놓고, 그녀가 열어 둔 시간의 틈 속으로 기꺼이 빠져들었습니다.

이어서 허비 행콕은 두 번째 뮤지션을 소개했어요.

"이제 한 젊은이를 모시겠습니다. 그런데 문제가 하나 있어요. 바로 이 친구의 손가락들 말인데요. 제가 그 손가락들을 어떻게 좀 하고 싶거든요. 시멘트에 묻는다든지, 아니면 부러뜨린다든지요, 하하. 왜냐면 연주가 말도 못하게 좋거든요. 쿠바 출신의 환상적인 피아니스트, 곤잘로 루발카바입니다.”

허비 행콕이 짓궂은 농담까지 곁들이며 같은 피아니스트로서 위협을 느낀다고 치켜세운 이 연주자는, 당시 서른 살을 앞두고 있던 곤잘로 루발카바였어요. 일찍이 재즈에 뜻을 두고 미국으로 이주한 그는 아주 젊은 나이에 이미 재즈계의 신성으로 떠오르고 있었죠. 이날 공연에서 가장 젊은 연주자이기도 했던 그가 들려준 「아구아 지 베베르Água de Beber」는 조빔의 음악이 다음 세대에게도 계속 새롭게 해석될 것이라는 희망의 메시지처럼 들렸어요.

공연은 점차 무르익었어요. 테너 색소포니스트 조 헨더슨이 파울로 조빔(브라질의 기타리스트이자 안토니오 카를로스 조빔의 아들)과 함께 「오 그란데 아모르O Grande Amor」를 연주했고, 안토니오 카를로스 조빔의 곡들을 영어 가사로 번안해 미국에 알렸던 작사가이자 가수인 존 헨드릭스가 「노 모어 블루스」의 멜로디를 멋진 휘파람과 노래로 들려주기도 했죠.

✳

그리고 마침내, 무대 위로 이날의 주인공— 안토니오 카를로스 조빔이 모습을 드러냈습니다. 허비 행콕의 피아노 연주에 맞춰 브라질을 대표하는 가수 가우 코스타가 조빔의 명곡들을 노래하던 무대가 끝나 갈 무렵이었어요. 관객들이 일제히 일어나 박수로 그를 환영하는 동안, 조빔은 가우 코스타와 반갑게 포옹을 나누고 피아노 앞에 앉아 있는 허비 행콕에게로 걸어가 그와 어깨동무를 하며 인사했지요.

그러고는 말없이 홀로 피아노 앞에 앉아 「루이자Luiza」를 연주하며 노래했어요. 자신의 딸 루이자를 생각하며 지었다고 알려진 서정적인 곡이에요. 공연 당시 예순여섯의 나이로, 죽음을 1년밖에 앞두고 있지 않던 조빔의 호흡은 이미 많이 가쁜 상태였어요. 하지만 오직 그의 음악을 사랑하는 마음 하나로 상파울루에 모인 관객들과 뮤지션들에게는 전혀 중요한 문제가 아니었습니다. 모두가 조빔이

CONCERT
안토니오 카를로스 조빔
'상파울루 트리뷰트 콘서트'
1993년 9월 27일 월요일
프리재즈페스티벌

ALBUM
《안토니오 카를로스 조빔
앤 프렌즈
(Antonio Carlos Jobim
and Friends)》(Verve, 1996)

SONG FOR YOU
「피날레: 더 걸 프롬
이파네마
(Finale: The Girl from
Ipanema)」

자신이 만든 곡을 직접 들려주는 그 순간에 빠져들 뿐이었죠.

이어서 조빔의 피아노 연주에 맞춰 허비 행콕이 「웨이브Wave」를 들려주는 무대가 시작되었어요. 허비 행콕은 처음에 전자 키보드를 연주하다가, 슬쩍 조빔의 오른편으로 이동해 그와 함께 나란히 피아노를 연주했죠. 조빔이 낮은 음역대에서 코드를 짚으면, 허비 행콕은 높은 음역대의 건반 위에서 사랑스러운 즉흥 멜로디를 쏟아 냈어요. 관객들은 브라질과 미국을 대표하는 두 음악가를 향해 존경의 박수를 보냈지요.

이날 공연의 하이라이트는 앙코르 곡으로 전해진 「더 걸 프롬 이파네마The Girl from Ipanema」였어요. 셜리 혼을 제외하고 이날 트리뷰트에 참여한 연주자들 모두가 무대에 올라 안토니오 카를로스 조빔과 함께 선보인 피날레 무대였죠.

조빔이 피아노를 연주하며 곡의 흐름을 이끄는 동안, 그의 오른편에는 이번에는 허비 행콕이 아닌 곤잘로 루발카바가 앉아 오른손만으로 멜로디를 연주했어요. 후배 피아니스트에게 자리를 내어 준 허비 행콕은 무대 뒤쪽의 키보드로 물러나 두 사람의 연주를 거들었고요.

가우 코스타와 존 헨드릭스는 거의 껴안다시피 딱 붙어서는 테너 색소폰을 연주하는 조 헨더슨의 곁에서 각자 마이크를 잡고 노래했어요. 가우 코스타가 포르투갈어로 노래하는 동안 존 헨드릭스는 노랫말 대신 스캣으로 곡을 채웠죠. 그러자 이 모든 광경을 흐뭇하게 바라보고 있던 조빔이 자신의 스캣으로 화답했어요.

무대 위의 모든 연주자가 한 명의 예외 없이 보사노바의 리듬 속에 몸을 흔들거렸어요. 마치 멈추지 않는 바다의 일렁임처럼요.

이듬해인 1994년 12월 8일, 조빔이 뉴욕의 병원에서 세상을 떠나면서 이 공연을 녹음한 음반은 조빔의 생애 마지막 라이브 음반으로 남았습니다. 《안토니오 카를로스 조빔 앤 프렌즈Antonio Carlos Jobim and Friends》라는 제목이 말해 주듯, 이 음반은 자신의 음악을 사랑했던 친구들 곁에서 조빔이 보낸 따뜻한 시간을 고스란히 담고 있어요. 그래미상을 수상한 그의 마지막 스튜디오 음반 《안토니오 브라질레이로Antônio Brasileiro》도 뛰어난 작품이지만, 저는 그를 추억하고 싶을 때마다 어쩐지 이 라이브 음반을 찾곤 합니다.

한 시대를 함께해 온 동료들이 먼 거리를 마다하지 않고 찾아와 들려준 연주들을 듣고 있으면, 우정이란 무엇인지 생각하게 됩니다. 내게도 언제든 보고 싶은 친구 곁으로 달려갈 수 있는 용기가 있었으면 좋겠다고, 그리고 우리 모두 그런 우정 하나쯤 소중하게 간직할 수 있으면 좋겠다고요.

1993년 9월의 상파울루,
피아노에 나란히 앉은 조빔과 허비 행콕을 기억하며

추신. 언젠가 브라질 리우데자네이루로 여행을 간다면 공항의 이름을 잘 살펴보세요. '갈레앙 안토니오 카를로스 조빔 국제공항'이라고 적혀 있을 거예요. 브라질을 대표하는 음악가 조빔을 사랑하는 국민들의 마음을 담아 브라질 정부가 갈레앙 국제공항의 이름을 바꾸었거든요. 정말 멋지지 않아요? 브라질에 들어가려면 조빔의 이름을 통과해야 한다는 게.

있는 그대로
받아들이는 태도

소음을 음악으로 바꾸다,
브랜포드 마살리스의
샌프란시스코 콘서트

BRANFORD MARSALIS

제가 음악을 듣는 방식은, 그냥 듣는 거예요.
공부하려 들지도, 분석하려 들지도 않아요.
그저 듣고, 또 듣고, 또 듣고,
또 듣고, 또 듣고, 계속해서 들어요.
그러면 그 안에서 무언가가 들리기 시작해요.
그제야 진짜 그 소리가 들리는 거죠.

브랜포드 마살리스
맥스 래스킨과의 인터뷰 (2023)

"자신의 몸과 마음을 있는 그대로 받아들이세요."

만약 요가를 해 본 적 있다면 이런 말을 들어 보았을 거예요. 요가를 안내하는 이들이 수련의 여정 속에서 잊지 말아야 할 가장 중요한 진리처럼 강조하는 말이죠. 있는 그대로 받아들인다─ 그게 도대체 어떤 의미일까요?

이제 막 요가의 세계에 들어선 초심자들은 그 뜻을 대개 이런 식으로 이해해요. 예컨대 아사나의 꽃이라 불리는 머리 서기 자세를 연습하다가 거꾸로 선 몸이 위태롭게 흔들리기 시작하면 '내 몸은 아직 준비가 안 되었구나' 하고 그만두는 식이죠. 안 되면 포기하고, 다음으로 미루고, 그렇게 자기 자신을 믿지 않는 상태로 내버려 둡니다.

하지만 요가의 세계로 조금 더 깊이 들어서면 그 말의 뜻이 조금씩 다르게 들리기 시작해요. 있는 그대로 받아들인다는 것은 한계를 감지해서 도전을 중단하거나 회피하는 것이 아니라, 그 도전이 어떤 상황에 놓여도 기꺼이 맞이하는 것이라는 진실을 깨닫게 되죠. 흔들리면 흔들리는 대로, 넘어지면 넘어지는 대로, 그 결과를 실패가 아닌 하나의 과정으로 바라보면서요. 넘어질 수도 있다는 것을 겁내지 않고 있는 그대로 받아들여야 역설적으로 머리 서기 자세에서 편안하게 머무를 수 있습니다. 넘어지는 순간 내 몸에서 벌어지는 일을 관찰하고 그 불안정을 제어하는 법을 터득해야만 온몸의 균형 감각과 힘, 유연성을 조화시킬 수 있으니까요. 그러고 나서야 비로소 곧게 피어난 한 송이 연꽃 줄기처럼 하늘을 향해 두 다리를 뻗어 올릴 수 있게 되죠.

오늘 저는 당신에게 이처럼 고요한 도전의 순간을 닮은 공연 이야기를 들려주고 싶어요. 브랜포드 마살리스가 샌프란시스코의 '그레이스 대성당'에서 음악 인생 최초로 색소폰 솔로 콘서트에 도전했던 때의 이야기입니다.

2012년의 그날은 샌프란시스코의 가을이 깊어진 10월의 금요일이었어요.

브랜포드 마살리스가 30년 만에 처음으로 선보이는 솔로 색소폰 콘서트라니— 시민들과 여행객들이 부푼 기대를 안고 그레이스 대성당으로 모여들었습니다. 그전까지 브랜포드 마살리스의 이름은 재즈 쿼텟의 리더로 유명했거든요. 당신도 아마 영화 〈모 베러 블루스〉의 OST를 들어 본 적이 있을 거예요. 그 음악도 브랜포드 마살리스의 쿼텟과 트럼페터 테렌스 블랜처드가 함께 완성한 작업이에요.

재즈계뿐 아니라 클래식계에서도 활동하는 그는 대규모 클래식 앙상블 작업도 여러 번 했죠. 1986년 영국 실내 관현악단과 함께 음반을 발표하기도 했고 2010년 뉴욕 필하모닉 오케스트라의 콘서트 무대에서 함께 연주한 적도 있어요.

그러니 이 콘서트는 브랜포드 마살리스 본인에게도 매우 뜻깊었을 거예요. 쿼텟의 리더로 혹은 오케스트라와 협연하는 솔로이스트로 수많은 무대에 서 왔지만, 혼자서 모든 것을 채워야 하는 솔로 무대는 전혀 다른 차원의 도전이었을 테니까요.

브랜포드 마살리스가 마주한 도전 과제는 또 있었어요. 그건 그레이스 대성당이라는 거대한 공간의 울림을 다루는 일이었죠.

그레이스 대성당은 연주자들에게 만만한 공연장이 아니에요. 빅밴드 시대의 전설적 리더였던 듀크 엘링턴이 그 유명한 〈신성한 콘서트Sacred Concert〉 시리즈를 이곳에서 초연한 이래 여러 재즈 뮤지션이 이 역사적인 무대에 올랐지만, 모든 연주자들이 그레이스 대성당이 지닌 까다로운 특징과 씨름해야 했어요. 그건 바로, 한 음을 연주하고 나면 소리의 잔향이 무려 7초 동안이나 성당 안에 맴돈다는 문제였습니다. 잔향을 잘못 다루면 자칫 소리가 마구 뒤섞이며 혼란스러워질 위험이 있었죠. 하지만 현명하게 활용한다면 천상의 음악을 만들어 낼 수도 있었어요.

물론 브랜포드 마살리스는 그간 다양한 조건의 무대에

오른 경험이 있었어요. 그래서 그는 '빌리지 뱅가드'에서 연주할 때, 링컨 센터의 '앨리스 털리 홀'에서 연주할 때, 런던의 '로열 페스티벌 홀'에서 연주할 때 제각기 다르게 악기를 다뤄야 한다는 걸 잘 이해하고 있었죠. 하지만 그레이스 대성당에서 직접 연습할 시간이 충분하지 않았던 터라, 그는 공연을 준비하는 내내 그레이스 대성당의 울림을 머릿속으로 상상하며 연습해야 했습니다.

그러니 마침내 공연이 시작되었을 때, 이제 곧 첫 음을 연주할 그의 색소폰이 이 거대한 성당의 울림과 어떤 대화를 나눌지는 아무도 알 수 없었죠.

브랜포드 마살리스는 가장 먼저 소프라노 색소폰을 들었어요. 그러고는 첫 곡으로 소프라노 색소폰의 대가인 스티브 레이시의 「후 니즈 잇Who Needs It」을 연주했죠.

그가 첫 숨을 불어넣자 색소폰의 청아한 음색이 대성당의 공기를 가로질렀어요. 다음 음이 시작될 때까지 사라지지 않는 잔향이 음표와 음표 사이를 메웠고, 브랜포드 마살리스는 성당 안에 머무는 음들을 차분히 자신의 음악 안으로 끌어들였죠. 관객들은 오직 이곳에서만 경험할 수 있는 환상적인 음향적 효과와, 그 환경을 다루는 마살리스의 재능에 고요히 감탄했습니다.

이윽고 그는 한층 과감하게 그 거대한 울림을 다루기 시작했어요. 때로는 강렬한 음을 불어넣어 대성당 전체를 쩌렁쩌렁 울리게 하고, 때로는 부드러운 음으로 잔향과 조화를 이루기도 하면서요.

그렇게 첫 연주가 끝나자 박수가 터져 나왔습니다. 피할 수 없는 공간의 제약을 자기만의 방식으로 승화시킨 연주자에 대한 경의가 깃든 호응이었어요.

그 순간, 아마도 그곳에 있던 모든 이들은 이 공연의 순항을 예측했을 거예요.

하지만 공연 중간중간 마살리스는 본인이 의도하지 않은 경로로 접어들게 됩니다. 어떤 뮤지션들은 그 예기치 않은 상황들에 당황하여 멈칫했을지도 몰라요. 하지만 브랜포드 마살리스는 자신이 마주한 상황들을 기꺼이 끌어

안으며 공연을 이어 갔어요.

그 수용의 태도가 잘 깃들어 있던 두 가지 특별한 장면이 있습니다. 모두 그가 테너 색소폰을 불던 순간이었죠.

*

처음 소개하고 싶은 장면은 이 공연에서 가장 인상적인 순간이라 해도 과언이 아닐 것 같아요. 브랜포드 마살리스는 이날 공연을 위해 총 네 번의 즉흥연주 시간을 준비했는데요, 그중 세 번째 즉흥연주 때 벌어진 일입니다.

그는 앞선 두 번의 즉흥연주 때보다도 대성당의 잔향을 더 적극적으로 활용하는 방식으로 연주에 몰입하고 있었어요. 그런데 연주가 시작된 지 1분쯤 지났을까, 갑자기 성당 바깥에서 공연을 방해하는 소음이 들려온 거예요. 어디론가 긴급하게 출동하는 소방차의 사이렌이었죠.

'애애앵—'

다른 연주자들이라면 이 소리를 방해로 여기거나, 공연

CONCERT
브랜포드 마살리스
'샌프란시스코 콘서트'
2012년 10월 5일 금요일
그레이스 대성당

ALBUM
《인 마이 솔리튜드
(In My Solitude:
Live at Grace Cathedral)》
(Okeh, 2014)

SONG FOR YOU
「임프로비제이션 No.3
(Improvisation No.3)」

과 무관한 소리로 무시했을 거예요. 하지만 공간으로 들려오는 모든 자극에 귀를 기울이던 브랜포드는 순식간에 사이렌 소리의 음높이와 리듬을 자신의 연주에 통합시키면서 그야말로 마법 같은 즉흥연주를 들려줬어요. 거기엔 어떤 망설임도 느껴지지 않았죠. 순간적으로 이루어진 테너색소폰과 사이렌의 조화가 너무나도 절묘하고 신비로워서, 사이렌이 미리 준비된 효과음이 아닐까 싶을 정도였어요. 사이렌 소리가 점점 멀어지는 마지막 순간까지도 브랜포드는 계속해서 그 소리의 자극을 기억하는 듯한 연주로 청중을 감동시켰습니다.

현재의 돌발 상황을 외면하지 않고 오히려 음악 안으로 끌고 들어온 마살리스의 능력을 목격한 관객들은 차마 소리 내지 못하고 숨죽여 감탄했어요. 연주가 끝났을 때 비로소 참았던 탄성을 내지르며 기나긴 박수를 보냈지요. 이 연주는 「임프로비제이션 No.3 Improvisation No.3」라는 제목의 곡으로 수록되었는데요, 제가 이 음반에서 가장 좋아하는 곡이기도 하답니다.

두 번째 장면은 브랜포드 마살리스의 실수 때문에 벌어진 일이었어요. 연주자들이 좀처럼 하지 않는 실수라 어떤 공연에서도 보기 힘든 장면이 연출되었죠.

공연 초반, 브랜포드 마살리스는 호기 카마이클이 작곡한 「스타더스트Stardust」를 연주했는데요, 이어지는 다른 곡들을 연주하는 동안 너무 심취한 나머지 「스타더스트」를 연주했다는 사실을 잊어버리고 만 거예요. 그래서 원래 「바디 앤 소울Body and Soul」을 연주하려고 계획했던 공연 후반부에 「스타더스트」를 한 번 더 연주하고 말았답니다. 영문을 알 리 없는 관객들은 같은 날 같은 공연장에서 「스타더스트」를 두 번 감상하는 흔치 않은 행운을 누렸고요.

공연이 모두 끝나고서야 실수를 깨달은 브랜포드 마살리스는 그저 한바탕 웃고 말았대요. 관객들을 위해 준비했을 「바디 앤 소울」을 연주하지 못해서 아쉬워할 수도 있고, 실수를 저질렀다며 자책할 수도 있었을 테지만, 그는 돌이킬 수 없는 상황을 있는 그대로 받아들인 모양이에요.

만약 브랜포드 마살리스가 평소처럼 쿼텟의 리더로 이날 무대에 올랐다면, 어쩌면 이날 공연에 찾아온 위기들은 아무것도 아닌 일로 지나갔을지도 몰라요. 소방차 사이렌 소리쯤이야 피아노-베이스-드럼을 담당하는 멤버들의 탄탄한 연주 속에 묻혔을 것이고, 같은 곡을 두 번 연주하는 실수는 멤버들이 미리 알아차리고 얼른 그에게 알려 주었을 테니 아예 일어나지도 않았겠죠.

하지만 그날, 홀로 무대에 선 브랜포드 마살리스는 그럴 수 없었던 거예요. 자신이 마주한 모든 순간을 스스로 감당하고 책임져야 했던 겁니다. 그 고독한 도전 속에서 그가 선택한 방식은 믿을 수 없을 만큼 담백했습니다. 좋은 일이든 나쁜 일이든 구별하지 않고 그 자체를 깨끗하게 수용했으니까요.

그러고 보면 '있는 그대로 받아들인다'는 건, 우리 모두가 홀로 설 수 있는 단단한 존재이면서 동시에 의지할 대상을 필요로 하는 연약한 존재라는 진실을 인정하는 데서 시작되는 것 같습니다.

나를 둘러싼 제약들을 해결해 줄 조력자가 가까이에 있을 땐 세상 어떤 난관도 무서울 게 없다고 느끼기도 하죠. 하지만 삶과 운명은 참 가혹한 데가 있어서, 가끔은 누구의 도움도 없이 홀로 넘어야만 하는 장애물을 만나게 되잖아요. 그때 거꾸로 선 채로도 흔들림 없는 요가 수련자처럼 단단하려면, 우리는 먼저 자신의 연약함을 따뜻하게 껴안아 줄 수 있어야 할 것 같다는 생각을 합니다.

만약 당신이 오로지 혼자서 해내야만 하는 도전을 앞두고 있다면, 이날의 감동적인 연주가 담긴 음반을 꼭 들어보세요.

많은 실황 음반들이 그렇듯 이 음반도 공연 전체를 완전하게 담지는 않았지만(이를테면 브랜포드 마살리스가 착각하는 바람에 두 번 연주된 「스타더스트」는 한 가지 버전만 선택되어 실렸죠) 대성당의 잔향이 만들어 내는 고요한 울림은 물론, 연주 중간 우연히 들려온 소방차 사이렌과의 즉흥적인 만남만큼은 그대로 담아냈거든요.

그의 연주를 듣다 보면, 마음이 편안해질 거예요. 성공에 대한 욕심이나 실패에 대한 두려움 같은 것도 사라질지 모릅니다. 당신의 가슴속에 남는 유일한 것이 있다면, 그건 바로 '있는 그대로의 나'일 겁니다. 당신이 그 존재를 껴안아 줄 수 있으면 좋겠어요.

2012년 10월의 샌프란시스코,
그레이스 대성당을 가르는 색소폰의 고독한 울림 속에서

11월

진실한 음악은
악보 너머에 있다

짧지만 강렬한 우정,
델로니어스 몽크와 존 콜트레인의
뉴욕 콘서트

JOHN COLTRANE

제가 몽크와 함께 일할 수 있는
기회를 가졌던 것을 행운이라고 생각합니다.
누군가 작은 영감이나 힘이 필요하다면,
그저 몽크 곁에 있기만 하면 될 거예요.

존 콜트레인
〈다운비트〉 인터뷰 (1960)

어느덧 열한 달째네요, 당신에게 편지를 쓰기 시작한 지가.

오늘은 문득 그게 궁금하더라고요. 당신이 악보를 읽을 수 있는지 말이에요. 오선지 위에서 춤추는 음표들의 오르내림을 이해할 수 있나요? 화성의 흐름은요? 그걸 보고 피아노나 기타 같은 악기로 연주할 줄도 아나요?

악보를 읽는다는 건 문자를 이해하는 것과 비슷할 거예요. 중국어나 프랑스어처럼 낯선 외국어를 공부하고 나면, 그전까지 추상적으로만 느껴지던 기호 체계의 규칙을 더듬더듬 적용해 보면서 '아, 이게 이런 뜻이었구나' 하고 감탄하게 되잖아요. 마찬가지로 악보를 읽을 줄 알면 이 음악이 전하고자 하는 이야기와 감정을 좀 더 구체적으로 이해할 수 있게 되겠죠. 당연하게도 말이에요.

하지만 어느 나라의 진정한 매력을 느끼기 위해서는 그 나라의 언어뿐 아니라 문화까지 이해해야 하는 것처럼, 음악이란 것도 결국에는 악보 너머의 세계와 만나야 진실로 감동할 수 있는 것 같아요. 연주자들이 겪은 삶의 고통과 환희 속에, 그들이 함께 연주하며 주고받는 눈빛과 숨소리 속에, 바로 거기에 정말 소중한 무언가가 숨어 있는 것 아닐까요.

오늘은 그런 이야기를 하나 들려드리고 싶어요. 피아니스트 델로니어스 몽크와 색소포니스트 존 콜트레인. 두 사람이 나눈 음악적 교감에 대한 이야기인데요. 두 사람이 함께 무대에 섰던 건 1957년 여름부터 겨울까지 반년이 채 되지 않지만, 그들이 남긴 음악은 50년 넘는 세월이 흐른 뒤에도 많은 이의 마음을 울리고 있죠. 음표로는 모두 옮길 수 없는 진실한 음악으로요.

델로니어스 몽크는 비밥 시대의 가장 독창적인 피아니스트로 꼽히는 음악가죠. 당신도 그의 연주를 들어 보면 분명 반할 거예요. 남들과 전혀 다른 몽크의 리듬 감각과 절묘한 악센트는 한 번 들으면 잊을 수 없을 만큼 매력적이거든요.

몽크는 개성 넘치는 연주만큼이나 작곡 실력도 뛰어났어요. 오늘날 널리 사랑받는 재즈 스탠더드「라운드 미드나잇Round Midnight」은 그가 고작 열여덟 살에 작곡한 곡이랍니다. 대중에게 널리 알려지지는 않았지만「스트레이트, 노 체이서Straight, No Chaser」,「루비, 마이 디어Ruby, My Dear」 같은 곡들은 전 세계의 재즈 클럽에서 하루도 빠짐없이 연주된다고 해도 과언이 아닐 만큼 재즈 연주자들이 각별히 애정하는 몽크의 대표작이고요.

그중에서도 백미는 그가 자신의 이름을 넣어 지은 곡들이 아닐까 싶어요.「블루 몽크Blue Monk」,「몽크스 드림Monk's Dream」,「몽크스 무드Monk's Mood」 같은 곡들이요. 얼마나 그 곡들을 아꼈으면 자신의 이름을 넣었겠어요.

몽크의 음악을 누구보다 좋아했던 사람 중 한 명이 바로 존 콜트레인이었어요.

thelonious monk quartet
with john coltrane at carneg
BLUE NO
재즈총론
청소하면서 듣는

존 콜트레인은 재즈 역사상 찰리 파커 다음으로 위대하다고 일컬어지는 색소포니스트죠. 일본의 재즈 만화 《블루 자이언트》의 제목이 존 콜트레인의 리더작 《블루 트레인Blue Train》과 《자이언트 스텝스Giant Steps》를 합쳐 지었다고 알려져 있을 만큼, 존 콜트레인은 재즈계에서 아이코닉한 뮤지션이에요.

존 콜트레인이 델로니어스 몽크를 만난 건 그가 아직 리더로 독립하기 전, 한창 사이드맨으로 활동하던 시절이었어요. 원래 그는 필라델피아에서 프리랜서 연주자로 지내고 있었는데, 마일스 데이비스의 눈에 들어 1955년 말부터 뉴욕으로 건너와 그의 퀸텟에서 색소포니스트로 활동했거든요. 그런데 2년 뒤인 1957년, 헤로인 중독 문제로 말썽을 일으켜 밴드에서 잠깐 해고된 적이 있어요. 그때 존 콜트레인이 어울리기 시작한 사람이 바로 델로니어스 몽크였죠.

"몽크, 당신이 쓴 곡들이 너무 좋아요."

"내가 쓴 곡이 어디 한둘인가?"

"한 곡을 골라야 한다면 「몽크스 무드」죠. 저도 그 곡을 연주하고 싶은데, 가르쳐 줄 수 있나요?"

어차피 갈 데도 없어진 콜트레인은 이참에 재즈를 더 깊이 공부해야겠다고 마음먹고 몽크에게 음악을 가르쳐 달라고 부탁했어요. 몽크도 자신을 따르는 콜트레인이 기특했는지 음악을 배우고 싶으면 자신의 아파트로 오라고 했죠.

"저 왔어요! 어서 일어나요!"

존 콜트레인은 틈날 때마다 몽크의 아파트로 찾아가 침대에 파묻혀 있는 그를 끌어내 피아노 앞에 앉혔어요. 그러면 몽크는 잠이 덜 깬 채로 자신이 작곡한 곡 중 하나를 연주하기 시작했고, 콜트레인은 곁에서 색소폰으로 멜로디를 따라 연주했죠.

몽크는 훌륭한 선생님이었어요. 콜트레인의 연주를 귀담아들으면서 그가 어려워하는 부분이 있으면 몇 번이고 반복해서 피아노를 연주하며 그가 스스로 문제를 해결할 때까지 기다려 주었죠. 그래도 잘 이해하지 못하는 것 같으면 연주를 멈추고 말로 자세히 설명하고, 그래도 안 되면 악보를 꺼내 보여 주기도 했어요. 자신이 작곡한 모든 곡의 악보를 가지고 있었거든요. 그러나 이 단서만은 분명히 달랐다고 해요.

"악보 없이 배울 수 있어야 돼. 그래야 음악을 더 잘 느낄 수 있어."

몽크의 말대로 재즈란 악보 안에 갇혀 있지 않은 음악이죠. 물론 재즈 작곡가들도 자신이 상상한 멜로디, 화성, 리듬을 오선지 위에 정성스럽게 적곤 해요. 하지만 작곡가의 역할은 거기까지일 뿐, 결국 그 음악을 완성하는 건 오로지 연주자의 손에 달려 있어요. 같은 악보라도 연주자가 누구냐에 따라 전혀 다른 이야기가 되기도 하고, 심지어 같은 연주자가 같은 악보로 연주하더라도 어제는 경쾌했던 곡이 내일은 나른한 곡이 되기도 하니까요. '클래식이 작곡가의 음악이라면 재즈는 연주자의 음악이다'라는 말은 바로 이런 의미죠.

제가 재즈 연주를 들을 때 가장 신비롭게 느끼는 것 중 하나는요, 한 연주자가 누구와 함께 연주하느냐에 따라 곡의 분위기가 크게 달라진다는 거예요. A와 B가 연주할 땐 연인의 포옹처럼 로맨틱하게 느껴졌던 선율이, A와 C가 연주할 땐 오랜 친구들이 나누는 대화처럼 편안하게 느껴지기도 하거든요. 우리도 회사 동료와 회의할 때, 친구와 수다 떨 때, 좋아하는 사람에게 마음을 고백할 때 말투가 다 다르잖아요. 재즈 연주자들 역시 연주를 할 때 상대에 따라 자연스럽게 태도를 바꾸는 것이겠지요. 그 속에서 악보 속 음표들은 매번 새로운 생명력을 얻게 되는 거고요.

몽크와 콜트레인의 만남은 바로 그런 변화를 가져왔어요. 몽크는 기존에 쓴 자신의 곡들이 콜트레인의 해석을 통해 새로워지고 있다는 사실에 감격했고, 콜트레인은 몽크의 가르침에서 영감을 받아 자신만의 음악 세계를 확장해 갔죠. 그들은 스승과 제자 사이이면서 동시에 서로의 가능성을 비추는 거울처럼 반짝이고 있었어요.

"이봐, 그러지 말고 그냥 내 쿼텟에 들어오는 게 어때?"

1957년 여름, 몽크는 결국 자신의 가르침을 바탕으로 일취월장하고 있는 콜트레인을 밴드의 색소포니스트로 영입했어요. 그리고 재즈 클럽 '파이브 스팟'에서 정기적으로 연주하며 호흡을 맞췄죠. 콜트레인이 훗날 자신의 연주 테크닉을 대표하게 될 '시츠 오브 사운드Sheets of Sound'를 개발한 것도 이 시기 몽크와 함께한 음악적 탐구 속에서 이루어진 일이에요. 색소폰을 연주할 때 한 번에 두세 개의 음을 동시에 내면서, 일반적인 속주보다도 훨씬 빠른 고속 아르페지오로 즉흥연주를 선보이는 막강한 테크닉이죠.

두 사람 사이에서 이렇게나 강력한 시너지 효과가 났는데도, 당시 델로니어스 몽크와 존 콜트레인의 만남은 크게 주목받지 못했어요. 하필이면 콜트레인과 계약한 음반사가 몽크 쪽과 관계가 좋지 않아서 파이브 스팟에서 이뤄진 정기 공연들도 정식으로 녹음되지 않았죠. 이대로라면 두 사람의 라이브 연주는 음질이 좋지 않은 녹음기로 기록된 부틀렉 몇 개 정도로만 후대에 전해질 참이었어요.

하지만 운명적인 기회가 찾아왔어요. 뉴욕의 가을이 무르익은 11월, 카네기 홀 공연에 델로니어스 몽크 쿼텟이 섭외된 거예요.

*

훗날 재즈의 역사가 영원히 기억할 그 콘서트는 추수감사절을 기념하여 열린 자선 공연이었어요. 카네기 홀 공연장 부근에는 〈땡스기빙 재즈Thanksgiving Jazz〉라는 제목이 적힌 공연 포스터가 관객들을 기다리고 있었죠. 빌리 홀리데이, 디지 길레스피, 레이 찰스, 소니 롤린스, 쳇 베이커, 주트 심스 등 쟁쟁한 뮤지션들이 총출동했고요. 그 가운데 존 콜트레인이 합류한 델로니어스 몽크 쿼텟의 무대에도 조용히 기대가 모였어요.

피아노에 델로니어스 몽크, 베이스에 아메드 압둘-말릭, 드럼에 섀도우 윌슨… 그리고 테너 색소폰에 존 콜트레인.

CONCERT
델로니어스 몽크 & 존 콜트레인
'뉴욕 콘서트'
1957년 11월 29일 금요일
카네기 홀

ALBUM
《앳 카네기 홀
(At Carnegie Hall)》
(Blue Note, 2005)

SONG FOR YOU
「몽크스 무드
(Monk's Mood)」

그들을 반기는 관객들의 박수가 잦아든 뒤 쿼텟이 처음으로 연주한 곡은 존 콜트레인이 너무나도 좋아해 몽크에게 가르쳐 달라고 졸랐던 바로 그 노래,「몽크스 무드」였죠.

몽크의 피아노 연주가 먼저 시작되었어요. 불균형하면서도 논리적인 화성, 언제 어떻게 변할지 예측할 수 없는 리듬. 오직 몽크의 피아노에서만 느낄 수 있는 특유의 매력이 관객들을 사로잡았습니다.

그렇게 한참 피아노 연주가 흐른 뒤, 중반부부터 존 콜트레인의 묵직한 테너 색소폰이 등장해 곡을 이끌어 갔어요. 나른하게 늘어지다가도 순간 속도를 내며 빨라지는 멜로디의 완급 속에 관객들도 파도를 타듯 이리저리 상체를 움직였지요.

노련한 몽크는 존 콜트레인의 연주에 어울리도록 자신의 연주 스타일에 변화를 줬어요. 마치 피아노와 테너 색소폰이 대화를 주고받는 것 같은 구성 덕분에 8분에 달하는 긴 연주가 하나도 지루하지 않게 느껴졌어요. 관객들은 마치 뮤지컬 한 편을 보듯 집중하며 눈을 빛냈죠.

이어지는 무대는 몽크가 즐겨 연주하는 팝 스탠더드 「스위트 앤 러블리Sweet and Lovely」 한 곡을 제외하고 모두 그의 자작곡들로 채워졌어요. 「에비던스Evidence」, 「너티 Nutty」, 「에피스트로피Epistrophy」 등 경쾌하면서도 약간은 엉뚱한 주제 선율이 매력적인 몽크의 음악 세계가 카네기 홀에 가득 울려 퍼졌습니다. 존 콜트레인은 그 음악들을 자기만의 스타일로 한 단계 더 진화시켰어요. 화성적으로 과감한 선택을 내리면서 몽크의 직관적인 멜로디를 더욱 입체적으로 발전시켰죠.

공연 후반부에 연주된 「블루 몽크」에서도 델로니어스 몽크와 존 콜트레인의 호흡이 돋보였어요. 몽크는 마치 열 손가락으로 음악을 조각하듯이 음표를 두드리고 리듬을 깎으며 다른 뮤지션들이 결코 흉내 낼 수 없는 자기만의 분위기를 연출했어요. 피아노와 함께 장난을 치듯 아무렇게나 연주하면서도 멜로디와 리듬을 완벽하게 제어하는 것이 그의 주특기였죠.

존 콜트레인은 앞의 무대를 통해 몽크의 음악 언어에
더욱 익숙해진 듯, 한결 편안한 호흡으로 연주에 임했어
요. 몽크의 피아노 라인과 아슬아슬하게 조화를 이루는 절
묘한 화성으로 곡에 재미를 더하고, 강단 있는 색소폰 음
색과 열정적인 즉흥연주로 관객들의 영혼을 자극했죠.

마지막 연주가 끝나고 터져 나온 환호 속에서, 무대 위
의 두 사람은 더 이상 단순한 스승과 제자, 밴드 리더와
사이드맨으로 보이지 않았어요. 서로의 음악을 이해하고
받아들이면서도 각자의 개성을 잃지 않는 천재적인 연주
자들로 보일 뿐이었죠.

이 공연으로부터 한 달 뒤, 두 사람은 파이브 스팟에서
의 크리스마스 공연을 끝으로 각자의 길을 가게 됩니다.
콜트레인은 다시 마일스 데이비스의 밴드로 돌아갔고, 몽
크는 잠시 쿼텟을 해체한 채 활동하다가 반년쯤 뒤 새로
운 쿼텟을 구성했죠.

반년에 그친 두 사람의 밴드 활동은 그렇게 잊혀지는

듯했어요. 많은 재즈 팬들은 존 콜트레인의 초창기 모습을 마일스 데이비스의 사이드맨으로만 기억했고, 델로니어스 몽크와 함께하는 테너 색소포니스트로는 그의 곁을 10년 넘게 지킨 찰리 라우즈의 이름만을 떠올렸죠.

그러나 델로니어스 몽크와 존 콜트레인의 특별한 협업을 기억하거나 궁금해하는 사람들이 있었습니다. 루이스 포터 박사도 그중 한 명이었죠.

피아니스트이자 재즈 연구자인 그는 2000년대 초 존 콜트레인에 관한 저서를 준비하기 위해 오래된 신문 자료를 뒤적이다가 〈다운비트〉의 기사 하나를 발견했어요. 거기에 델로니어스 몽크 쿼텟의 1957년 11월 카네기 홀 콘서트 실황이 라디오 채널 '보이스 오브 아메리카'를 통해 방송될 거라는 예고가 실려 있었죠. 이 말은 곧 이 콘서트의 녹음이 존재한다는 뜻이었어요.

해당 방송국의 모든 녹음본이 미국 의회도서관에 보관된다는 사실을 안 루이스 포터 박사는 즉시 도서관에 연락해 녹음본을 찾아 달라고 요청했죠. 하지만 50년 가까이 쌓인 방대한 자료들 속에서 이를 찾아내기란 쉽지 않았어요. 포터 박사가 틈틈이 연락해 진행 상황을 물었지만, 작업은 더뎠죠.

그러다 마침내 2005년 2월, 의회도서관에 소속된 재즈 전문가인 래리 아펠바움이 해당 녹음본을 발견하고 포터 박사에게 이메일을 보냈답니다. '카네기 홀 재즈 1957'이라는 라벨이 붙은 10인치 아세테이트 테이프 릴 8개가 발견되었고, 그중 한 상자에 'T. 몽크'라는 이름과 노래 제목들이 손글씨로 적혀 있었다고 해요. 녹음 내용 중 진행자 윌리스 코노버의 소개 멘트 덕분에 이 공연이 바로 몽크와 콜트레인의 카네기 홀 콘서트임을 확인할 수 있었다고 말이죠.

1957년 11월 어느 금요일 밤, 카네기 홀에 울려 퍼진 두 사람의 연주는 그렇게 기나긴 시간의 터널을 통과해 우리 귓가에 도착했어요. 역사의 먼지 아래 묻혀 있던 두 재즈 뮤지션의 음악은 여전히 생생하고, 여전히 혁신적이며, 여전히 감동적이지요.

그들은 마치 이렇게 말하는 것 같아요. 진실한 음악이란 종이에 쓰인 악보 위에만 존재하지 않으며, 바이닐이나 CD 같은 음반 안에 가둘 수도 없다고 말이에요. 그리고 재즈란 오직 마음과 마음이 오가는 순간 속에서만 영원히 자유를 얻는다고 말이에요.

1957년 11월의 뉴욕,
존 콜트레인이 재해석한 「몽크스 무드」의
멜로디를 떠올리며

재즈에
틀린 음이란 없다

그들의 이유 있는 안티 뮤직,
마일스 데이비스 퀸텟의
시카고 클럽 공연

처음에 그린 선은 다음 선을
그리기 전까지는 틀린 게 아니에요.
음악도 똑같아요.
소리도 그렇죠, 나쁜 음이란 없어요.
나쁘다고 생각했던 음,
그다음에 연주하는 음이
앞의 음을 교정해 줍니다.

마일스 데이비스
독일 뮌헨 방문 당시 인터뷰 (1988)

한 해의 끝이 얼마 남지 않은 지금, 당신에게 보내는 마지막 편지를 쓰고 있어요.

이맘때면 우리는 지난 1년을 돌아보곤 하죠. 부족했던 순간들을 떠올리면 아쉽기도 하지만, 그래도 한 해 동안 이룬 것들을 곱씹으며 스스로를 다독이고 싶어지는 계절이잖아요. 이만하면 잘했다고, 훌륭했다고 말이에요.

그런데 혹시 당신의 가슴속에 아직 이루지 못한 꿈 한 조각이 남아 있지는 않나요? 매년 비슷비슷하게 흘러가는 일상 속에서 은근한 권태가 느껴지지는 않나요? 내년에는 조금 더 달라진 모습으로 삶을 새롭게 일구고 싶지는 않은가요?

당신의 그런 바람을 가로막는 게 있다면, 그건 두려움이겠죠. 실패하면 어쩌지, 놀림감이 되면 어쩌지, 지금까

지 쌓아 온 것들을 잃게 되면 어쩌지 하는 걱정과 불안이
요. 제가 오늘 들려드릴 이야기가 당신이 그 두려움을 넘
어서는 데 필요한 작은 용기가 된다면 좋겠습니다. 때는
1965년 12월, 크리스마스를 앞둔 시카고의 재즈 클럽에서
마일스 데이비스 퀸텟이 선보인 공연 이야기예요.

그날 마일스 데이비스는 자신보다 한참 어린 연주자들
과 함께하고 있었죠. 몇몇 사람들은 마일스가 한낱 조무래
기들과 어울린다고 조롱했지만 그는 아랑곳하지 않았어
요. 오히려 후배 연주자들의 대담한 실험 정신에 자극받으
며 그들과의 협업을 음악적 진화의 기회로 삼았죠.

그러니까 마일스 데이비스는— 여전히 성장을 갈망하
고 있었어요. 저는 이 이야기가 한 해의 끝자락에 선 우리
에게 반드시 도움이 될 거라고 생각해요. 모두가 '끝'이라
고 생각하는 이 순간이야말로, 새로운 차원으로 성장할 수
있는 '시작점'이 될 수 있으니까요.

1960년대 중반은 여기저기서 '재즈는 죽었다'는 구호가

들려오던 시절이었어요. 젊은 세대는 록과 포크에 열광하고, 어느덧 재즈는 올드한 장르로 여겨지고 있었죠.

앞서 재즈가 뜨겁게 사랑받던 시대에 이미 성공 반열에 오른 마일스 데이비스는 자신에게 명성을 안겨 준 쿨재즈 스타일을 약간씩만 변주하면서 남은 인기를 누릴 수 있었어요. 하지만 그는 타고난 혁신가답게 과거의 성공 방정식에 안주하라는 세상의 요구에 거부감을 느끼고 있었죠.

마침 마일스 데이비스는 안정적인 밴드를 꾸려야 할 시점이었어요. 존 콜트레인, 빌 에반스 등 함께했던 주요 멤버들이 독립한 뒤로 수시로 멤버 구성이 바뀌며 불안정한 시기를 지나고 있었거든요. 멤버가 자주 바뀐 데는 여러 이유가 있었지만, 웬만한 연주에 만족하지 않는 그의 성향도 적잖이 영향을 미쳤죠. 결국 마일스는 직접 새로운 연주자들을 구하러 나섰어요.

"새로운 멤버들을 찾고 있어. 쓸 만한 연주자 있으면 내게 알려 줘."

안목이 좋은 동료들에게 소문을 내자, 곧 여기저기서 괜찮은 연주자가 있다는 제보가 들어왔어요. 마일스는 그들의 실력을 일차적으로 검토한 뒤 자신의 집에서 사흘간 특별 오디션을 열었어요. 그 오디션을 통과한 연주자가 바로 열일곱 살의 천재 드러머 토니 윌리엄스와 스물두 살의 야무진 피아니스트 허비 행콕이었어요.

그 외에도 아트 파머와의 활동 직전에 극적으로 마일스의 밴드에 합류한 스물여섯 살의 베이시스트 론 카터와, 십 대 때부터 마일스와의 협연을 꿈꿔 온 아트 블래키 밴드 출신의 서른한 살 색소포니스트 웨인 쇼터까지— 저마다 독특한 개성을 갖춘 젊은 멤버들이 함께했죠. 훗날 '마일스 데이비스의 두 번째 위대한 퀸텟'이라 불리게 될 밴드가 완성된 거예요.

새롭게 뽑힌 멤버들은 원래도 음악에 대한 진취적인 열정으로 가득했던 데다, 천하의 마일스 데이비스에게 선택되었다는 사실에 주체할 수 없을 만큼 감격해 있었죠. 특히 토니 윌리엄스와 허비 행콕 그리고 론 카터는 박자와

화성에 대한 풍부한 지식을 바탕으로 갖가지 음악적 실험에 재미를 붙였어요. 원곡의 박자를 새로운 박자로 바꾸고, 원곡의 화성으로부터 멀리 벗어나는 식의 실험이었죠.

그러나 마일스 데이비스와 많게는 스무 살이나 차이 날 만큼 어렸던 탓에 그들도 마일스의 솔로 연주 때만큼은 눈치를 보며 실험 정신을 자제했어요. 그들의 위축된 분위기를 알아챈 마일스가 결국 그들을 불러모아 이야기했지요.

"너희, 내가 솔로 연주할 땐 왜 너희들끼리 하는 스타일로 반주하지 않는 거야?"

"그건… 싫어하실 것 같아서요."

"아니야, 전혀 그렇지 않아. 내 솔로에서도 마음껏 시도해 봐."

그때부터 멤버들은 마일스가 솔로 연주를 할 때도 박자와 화성의 방향을 무작위로 바꾸었어요. 마일스는 처음에는 적응하지 못하는 것 같았지만, 온몸이 땀에 젖을 만큼 이리저리 몸을 움직이며 노력했고 서서히 후배 연주자들과 동화되어 갔어요. 그렇게 시작된 마일스 데이비스 퀸텟의 음악적 실험은 '안티 뮤직Anti-music'이라는 개념 안에서 본격적으로 날개를 펼쳤죠.

마일스 데이비스 또한 그들에게 많은 것을 알려 주었어요. 멤버들에게 작곡할 수 있는 기회를 주고, 그들이 정말 곡을 써 오면 더 나은 음악으로 완성되도록 적극적으로 의견을 줬어요. 또 비슷비슷한 솔로 연주를 반복하는 멤버들에겐 새로운 멜로디를 만드는 방법을 구체적으로 가르쳐 줬죠. "왼손에 F음을 넣어 보라"는 식으로 말이에요.

특히 허비 행콕은 이 시기 마일스의 퀸텟으로 활동하던 중 큰 교훈을 얻은 적이 있죠. 독일 슈투트가르트에서 마일스 데이비스의 대표곡 「소 왓So What」을 연주하던 중에 벌어진 일 말이에요.

토니 윌리엄스의 드럼, 론 카터의 베이스, 웨인 쇼터의 색소폰이 팽팽하고 힘 있는 연주를 들려준 다음 이어서 마일스 데이비스가 트럼펫 솔로 연주를 시작할 때였어요.

모두가 즐기고 있던 그 순간, 허비 행콕이 그만 잘못된 코드를 치고 만 거예요. 누가 들어도 실수라는 걸 단박에 알수 있었죠. 허비 행콕은 너무나 놀라서 손으로 귀를 막은채 패닉 상태에 빠졌고요.

그러나 마일스 데이비스만은 침착했어요. 그는 잠깐 멈추더니, 허비 행콕이 연주한 게 맞는 코드처럼 들리도록라인들을 연주했어요. 그는 허비 행콕의 실수를 큰 사고가아닌 잠깐 일어난 해프닝 정도로 여긴 거죠. 그 순간 마일스 데이비스는 본인이 평소 "재즈에 틀린 음이란 없다"고말했던 철학과 완벽히 일치하는 모습을 보여 준 것입니다. 그야말로 재즈의 정신이 무엇인지를 그는 온몸으로 이해하고 구현했던 거예요.

리더와 멤버 간에 오가는 양방향의 교감은 그토록 긴밀하게 이루어졌습니다. 단순한 음악적 교류를 넘어, 서로를성장시키고 새로운 가능성을 발견하게 하는 소중한 시간들이 이어졌죠.

∗

그리고 드디어 1965년 12월, 마일스 데이비스 퀸텟이 시카고의 재즈 클럽 '플러그드 니켈'에서 공연을 시작한 때는 그들의 앙상블이 정점에 오른 시기였어요.

공연은 2주간 진행되었는데, 그중 하이라이트는 크리스마스이브를 앞둔 22일과 23일, 컬럼비아 레코즈가 녹음을 진행했던 양일간의 공연이었어요. 이틀 동안 그들은 「아이 폴 인 러브 투 이즐리I Fall in Love Too Easily」, 「마이 퍼니 밸런타인My Funny Valentine」, 「웬 아이 폴 인 러브When I Fall in Love」 같은 재즈 스탠더드부터 「소 왓」, 「올 블루스All Blues」, 「마일스톤스Milestones」 같은 마일스의 오리지널 곡들까지 폭넓은 레퍼토리를 선보였죠.

공연이 매일 3부씩 여러 회차로 진행되었기 때문에 대부분의 곡은 모두 두세 번 이상 연주되었는데요, 그들은 동일한 곡이라 하더라도 결코 같은 방식으로 연주하지 않았습니다. 안티 뮤직의 실험 정신에 푹 빠져 있던 퀸텟은

CONCERT
마일스 데이비스 퀸텟
'시카고 클럽 공연'
1965년 12월 22~23일 수~목요일
플러그드 니켈

ALBUM
《더 컴플리트 라이브
앳 더 플러그드 니켈 1965
(The Complete Live
at the Plugged Nickel 1965)》
(1992/1995, Sony/Columbia)

SONG FOR YOU
「소 왓(So What)」

이전에 연주했던 곡을 다시 연주할 때면 템포를 바꾸기도 하고, 때로는 곡의 형태를 극단적으로 변형시키기도 했죠. 한껏 고조된 에너지를 유지하기 위해 한 곡이 끝나면 박수받을 여유도 두지 않고 곧바로 다음 곡으로 넘어가기도 했어요.

이토록 다양한 실험을 했던 그들의 연주는 때때로 정돈되지 않은 듯 혼란스럽게 들리기도 했죠. 하지만 서정적인 연주를 들려주던 퀸텟이 돌연 폭발적인 열정을 과시하거나, 반대로 속주가 이어지던 중 뜻밖에 여백이 강조된 연주가 시작되면, 관객들도 열광적으로 호응하거나 숨을 죽이며 기꺼이 그들의 음악적 모험에 동참했습니다. 그 자유로운 분위기 속에서 관객들도 어느덧 자연스럽게 무대와 소통했어요. 22일 2부 공연의 「마이 퍼니 밸런타인」 연주 중에는 어떤 관객이 "Bring it on, baby!"라고 외치며 연주자들을 격려했고, 「웬 아이 폴 인 러브」 연주 중에는 마일스 데이비스의 연주 스타일을 꿰고 있는 어느 관객이 마일스보다 앞서 허밍으로 멜로디를 불러 관객들을 웃음 짓게 했죠.

　관객들의 반응을 포함해, 이틀간의 공연 풍경이 고스란히 기록된 음반은 놀라울 만큼 사실적인 녹음으로 유명해요. 론 카터는 이날의 녹음본을 두고 "연주 중의 모든 잡음은 물론이고 기차 지나가는 소리, 심지어 로켓 쏘아 올리는 소리까지 들을 수 있다"고 농담하기도 했죠. 그 덕에 우리는 1965년 12월의 플러그드 니켈을, 그곳의 공기를, 무엇보다 마일스 데이비스의 두 번째 위대한 퀸텟이 감행한 음악적 모험을 생생하게 느낄 수 있어요. 그래서 어떤 비평가나 음악 애호가들은 이 음반을 재즈 역사상 가장 위대한 라이브 음반으로 꼽기도 한답니다. 저 역시 어떤 날에는 그렇게 생각하기도 해요.

　훗날 이 공연을 회상하는 웨인 쇼터는 그날의 풍경을 '위엄'이라고 표현했습니다.

　　"플러그드 니켈에서 연주하는 동안 우리 스스로도 깜짝
　　놀랄 만큼 음악적으로 성장했습니다. 연주가 끝나면 우리는 서로에게 아무 말도 하지 않았죠. 아주 의젓하게 그 노곤함을 즐길 줄 알았습니다. 눈에 보이지 않는 그 무언가를 온몸으로 감싸 안고 있는 것 같았어요. 그리고 암암리에 서로 이런 생각을 하고 있었던 겁니다. '우리, 이건 지금 이대로 간직하자.'

그 순간만큼 스스로를 위엄 있게 여긴 적도 없었어요. 아무도 그 위엄에 손댈 수 없었습니다."

_《마일즈 데이비스: 거친 영혼의 속삭임》(존 스웨드 저, 김현준 역, 을유문화사)

한 해의 마지막을 장식하는 12월, 우리도 이런 자세로 새해를 맞이하면 좋지 않을까요? 우리가 이미 알고 있는 것들, 우리가 이뤄 낸 것들이 주는 익숙함에서 벗어나, 서툴고 불완전할지라도 새로운 가능성을 향해 한 걸음 내딛는 위엄을 가져 보는 거예요.

재즈에 틀린 음이란 없다고 마일스 데이비스가 말한 것처럼, 우리의 삶에도 실패란 없어요. 삶의 모든 도전은 실패가 아니라 하나의 과정일 뿐이니까요.

이제 허비 행콕이 마일스 데이비스로부터 얻은 깨우침을 당신에게 전하며 마지막 편지를 마쳐요. 당신의 내년이 열린 마음으로 성장하는 시간이 되기를 빌게요.

메리 크리스마스 앤 해피 뉴 이어!

"중요한 것은 우리가 성장한다는 것이고, 성장할 수 있는 유일한 방법은 열린 마음으로 모든 상황을 있는 그대로 받아들이는 거예요. 그게 제가 마일스와 함께하며 배운 겁니다."

1965년 12월의 시카고,
그들의 도전이 당신에게 용기가 되기를 바라며

에필로그 우리는 모두 인생이라는
무대 위의 즉흥연주자

재즈와 삶의 공통점이 뭐라고 생각하세요? 한 가지를
꼽자면, 그건 바로 예측 불가능하다는 것이겠죠.

매일 달라지는 날씨부터가 그렇습니다. 매년 야외 재즈
페스티벌을 찾는 저 같은 사람들의 가슴 한편에는 언제나
이 불확실성이 자리 잡고 있어요. 대체로 사나흘에 걸쳐
진행되는 페스티벌 기간 중 하루를 정해 티켓을 구매하는
순간부터 시작되는 이 묘한 긴장감은, 축제 당일 아침 하
늘을 올려다보는 순간 절정에 이릅니다. 구름 한 점 없는
쾌청한 하늘은 안도의 콧노래를, 먹구름이 낀 불길한 하늘

은 깊은 한숨을 부르죠. 어느 가을, 가평의 자라섬에서 펼쳐지는 재즈 페스티벌로 향하던 날 제가 올려다본 하늘은 후자였어요.

그날의 누추한 경험을 들려드리려 합니다.

토독 토독, 결국 떨어지기 시작한 빗줄기는 굵어졌다가 가늘어졌다가 변덕을 부리며 살살 애를 태우더니 차를 타고 자라섬으로 향하는 동안 걷잡을 수 없는 장대비로 변했습니다.

하지만 돌아갈 수는 없었습니다. 페스티벌 현장 부스에서 당시 갓 출간한 《재즈의 계절》 사인회가 예정돼 있었고, 무엇보다 인도네시아 발리 출신의 천재 재즈 피아니스트 조이 알렉산더의 첫 내한 무대가 기다리고 있었기 때문이죠. 전 그 무대를 볼 생각에 몇 주 전부터 신이 나 있던 참이었습니다. 비를 맞으며 라이브 재즈를 감상하는 걸 과연 모험이라 할 수 있을지 의문이지만, 그간 맑은 날씨의 재즈 페스티벌만 경험한 제가 이 작은 모험을 기꺼이 감행할 수 있었던 건 오직 조이 알렉산더의 첫 내한 무대를 놓칠 수 없다는 의지 덕분이기도 했습니다.

그러나 페스티벌의 진입로에 들어섰을 때 저는 당황했습니다. 어마어마한 퇴장객들이 쏟아져 나오고 있었거든요. 아직 페스티벌이 끝나려면 한참 남은 시간이었습니다. 그것도 이른바 헤드라이너 뮤지션들의 무대만 남은— 그야말로 이 축제의 하이라이트가 비로소 시작되는 시점이었죠.

퇴장하는 사람들의 얼굴에는 아쉬움보다는 홀가분한 체념의 기색이 역력했습니다. 우비에 묻은 진흙과 잔디의 잔해가 그들이 겪은 고난의 흔적을 고스란히 보여 주었죠. 그 순간 저는 앞으로 맞이할 상황에 대해 비장한 각오를 하지 않을 수 없었습니다.

빗물이 들이치는 천막 안에서 주최 측과 약속한 시간만큼 작가석에 얌전히 앉아 있기는 했지만, 사인회에는 아무도 오지 않았습니다. 이전 무대와 다음 무대 사이의 자투리 시간을 활용한 행사였어요. 폭우를 뚫고 사인을 받으러 올 만큼 열정적인 독자를 확보하지 못했다는 현실이 가슴을 쓰라리게 했지만, 한편으로는 이 무자비한 비가 저의 수치심을 어느 정도 가려 주는 것 같아 묘한 위안을 얻기도 했습니다.

고통스러운 20분의 의무를 마치자, 이제 저에게 남은 건 오직 조이 알렉산더 무대에 대한 기대감뿐이었습니다. 그칠 줄 모르는 빗줄기에 아직 남아 있는 관객들의 마지막 의지마저 흔들렸고, 수많은 이들이 계속해서 현장을 떠났습니다. 우연히 만난 지인조차 "저희는 여기까지인 것 같아요"라는 말과 함께 씁쓸한 미소를 남기고 발걸음을 돌렸습니다. 그 말에 차마 남아 있으라고, 어쩌면 아주 달콤한 열매를 맛볼 수 있을 거라고 말릴 수가 없었습니다.

그렇게 떠날 사람이 모두 떠난 그때, 누가 과연 예측할 수 있었을까요.

마침내 조이 알렉산더가 자신의 트리오 멤버들과 함께 무대에 올라 연주를 시작할 무렵, 거짓말처럼 빗줄기가 가늘어지리라는 것을.

에필로그

✳

　자라섬의 하늘이 그의 연주에 귀를 기울이기라도 하듯 비가 점점 잦아들더니, 어느 순간 거의 그쳤다고 해도 좋을 만큼 주변이 고요해졌습니다. 관객들도 하나둘 펼쳤던 우산을 접기 시작했어요. 빗물이 모든 것을 품고 떨어진 덕분에 날아다니는 먼지 한 톨 없이 깨끗해진 공기가 악천후에 지친 사람들의 심신을 정화해 주었죠.

　그 투명한 공기를 가르며 들려오는 조이 알렉산더의 피아노 선율은 유난히 맑고 영롱했어요. 지금까지 견딘 시간을 보상받고도 남을 만큼 아름다운 연주였습니다. "기다리길 잘했어." 그런 말이 곳곳에서 들려왔어요. 저 역시 몇 번이나 입 밖으로 꺼냈던 것 같습니다.

　몇 달이 지난 후 서울에서 열린 또 다른 재즈 페스티벌에 방문하던 날. 참 운도 없지, 또 아침부터 먹구름 아래로 비가 내리고 있었습니다.

CONCERT　　　　　　　　SONG FOR YOU
가평 '자라섬재즈페스티벌'　　조이 알렉산더 트리오
2022년 10월 2일 일요일　　　「서머 라이징(Summer Rising)」

호되게 당한 기억이 있으니 이번에는 튼튼한 장화까지 챙겨 신고 페스티벌 현장에 들어섰건만 현실은 녹록지 않았습니다. 젖은 잔디나 벤치에 앉을 수가 없어서 몇 시간 내내 선 채로 차가운 비바람을 맞아야 했지요. 공교롭게도 그날 메인 무대에는 두 번째로 내한한 조이 알렉산더가 또 올라와 있었고, 그의 두 번째 우중 라이브 연주 역시 참 아름다웠습니다.

집에 돌아온 뒤로는 며칠 근육통과 몸살에 시달렸습니다. 어찌나 고통스러웠던지, 내가 다시는 비 내리는 날 재즈 페스티벌에 가나 봐라, 그런 다짐을 했을 정도입니다.

하지만 정말 비가 온다는 이유만으로 재즈 페스티벌 방문을 포기했을 때, 절대 후회하지 않을 자신이 있을지 자문해 보면 머뭇거려집니다. 폭우를 쏟던 먹구름이 지나가고 푸른 하늘이 모습을 드러내듯, 재즈 또한 변화무쌍한 날씨와도 같아서 언제든지 얼마든지 달라질 수 있는 조건 속에서 가장 빛나는 음악이라는 진실을 잘 알고 있기 때문입니다.

재즈와 삶의 공통점을 더욱 실감시켜 주기라도 하려는 듯, 저와 함께 폭우 속에서 시련을 겪은 첫 책《재즈의 계절》은 예상치 못한 사랑을 받으며 여러 번의 재쇄에 들어갔고, 그 여정에서 많은 독자분들을 만났습니다. 그 덕분에 이렇게 두 번째 책《재즈가 너에게》를 선보이는 행운도 누리게 되었습니다. 제가 감히 예측할 수 없었던 일이지요.

이렇듯 우리 모두는 인생이라는 예측불허의 무대에 선 즉흥연주자나 다름없습니다. 미래를 미리 볼 방법도 없고, 리허설을 해 볼 수도 없습니다. 피아노가 고장 나면 고장 난 대로 연주해야 하고, 가사를 잊어버리면 잊어버린 대로 노래해야 합니다. 비가 오면 맞아야 하고, 해가 뜨면 그제야 젖은 운동화를 말릴 수 있죠.

중요한 것은 우리가 그 무대 위에서 진정 아름다운 연주를 남길 수 있는 가능성을 품은 존재들이라는 사실입니다. 당신은 오늘 어떤 음을 연주하고 싶나요? 틀릴까 두려워 망설이고 있다면, 용기를 내 보세요. 때로는 가장 아름다운 선율이, 잘못 누른 음표에서 시작되기도 한다는 걸 이제 당신도 알게 되었을 테니까요.

　추신. 월간 〈재즈피플〉에 연재한 'JAZZ IS HERE'의 글들이 이 책의 토대가 되었습니다. 늘 아낌없는 격려를 보내 주신 김광현 편집장님과 류희성 기자님께 감사드립니다. 《재즈의 계절》부터 《재즈가 너에게》까지, 저를 믿고 함께해 주신 북스톤 식구들께도 진심을 전합니다. 덕분에 제 글이 날개를 달고 독자들을 만날 수 있었습니다. 남산 '피크닉piknic'에서 열린 음악감상회에서는 책에서 다룬 음악들을 미리 들려드리는 뜻깊은 시간을 가졌습니다. 소중한 자리를 마련해 주신 김범상 대표님께 감사합니다. 또한 제 글의 첫 번째 독자이자 자상한 조언자인 남편 권명국 감독에게도 사랑을 담아 인사 전합니다.
　마지막으로, 지금 이 순간에도 재즈 클럽과 페스티벌 무대에서 열정적인 연주를 들려주고 있을 모든 재즈 뮤지션들께 깊은 경의를 표합니다.

마지막 추신. 부록으로 특별한 선물을 준비했습니다. 위대한 재즈 뮤지션들이 생전에 '재즈'에 대해 남겼다고 전해지는 귀한 말들입니다. 오랜 세월이 흐르는 동안 정확한 출처는 흐려졌지만 오늘날까지 전 세계의 재즈 연주자들과 애호가들이 잠언처럼 소중히 여기는 유산입니다. 그들이 남긴 메시지가 부디 재즈의 신비를, 또 삶의 신비를 이해하는 여정에 작은 등불이 되기를 바랍니다.

재즈 거장들이 말하는 JAZZ

재즈란 정의할 수 없는 음악

재즈가 무엇인지 묻는다면,

당신은 결코 알 수 없을 것이다.

If you have to ask what Jazz is,

you'll never know.

루이 암스트롱, 트럼페터·보컬리스트

내겐 재즈에 대한 정의가 없다.
그냥 들으면 알 수 있을 뿐이다.

I don't have a definition of jazz.
You're just supposed to know it when you hear it.

델로니어스 몽크, 피아니스트

재즈와 사랑은 이성적으로 설명하기
가장 어려운 것이다.

Jazz and love are the hardest things
to describe form rationale.

멜 토메, 보컬리스트

재즈의 정신

재즈는 단지 음악이 아니라 삶의 방식이자
존재하는 방식이자 사고 방식이다.

Jazz is not just music, it's a way of life,

it's a way of being, a way of thinking.

니나 시몬, 보컬리스트

재즈는 즉흥적인 것이고,
위험을 감수하는 것이며, 경계를 확장하는 것이다.
안전한 영역에서 벗어나는 것을 두려워하지 말라.

Jazz is about improvisation,

taking risks, and pushing boundaries.

Don't be afraid to step out of your comfort zone.

메리 루 윌리엄스, 피아니스트

재즈는 그 역사의 세부적인 내용보다도
훨씬 강력한 하나의 아이디어다.

Jazz is an idea that is more powerful than

the details of its history.

팻 메시니, 기타리스트

재즈의 즉흥성

삶은 재즈와 비슷하다. 즉흥적일 때 가장 좋다.

Life is a lot like jazz. It's best when you improvise.

조지 거슈윈, 작곡가

내가 재즈에서 유일하게 지키는 요소는 즉흥연주다.

That only element of jazz that I keep is improvisation.

얀 가바렉, 색소포니스트

재즈의 아름다움은 즉흥성에 있다.
그것은 미지의 것을 품는 것이다.

The beauty of jazz lies in its improvisational nature;

it's about embracing the unknown.

빌 에반스, 피아니스트

재즈의 현재성

재즈는 왔다가 사라진다. 그저 일어날 뿐이다.

거기에 함께 있어야 한다. 그게 전부다.

Jazz is there and gone. It happens.

You have to be present for it. That simple.

키스 자렛, 피아니스트

재즈는 '순간에 존재하는 것'에 대한 음악이다.

Jazz is about being in the moment.

허비 행콕, 피아니스트

재즈는 현재의 힘이다.

미리 쓰인 대본 같은 건 없다.

대화 같은 것이다.

Jazz music is the power of now.

There is no script.

It's conversation.

윈튼 마살리스, 트럼페터

재즈의 자유로움

재즈는 이 나라에서 만들어진 것들 중
유일하게 그 어떤 제약이나 방해를 받지 않는
완전한 자유의 표현 방식이다.

Jazz is the only unhampered,
unhindered expression of complete freedom yet
produced in this country.

듀크 엘링턴, 빅밴드 리더

재즈는 규율 속의 자유에 관한 것이다.

Jazz is about freedom within discipline.

데이브 브루벡, 피아니스트

재즈에 틀린 음이란 없다.
잘못된 자리에 놓인 음이 있을 뿐이다.

There are no wrong notes in jazz:

only notes in the wrong places.

마일스 데이비스, 트럼페터

재즈와 자기 자신

내가 내 안의 소리를 연주할 수 있게 되었을 때,
그때가 내가 태어난 때다.

Once I could play what I heard inside me,

that's when I was born.

찰리 파커, 색소포니스트

나의 음악은 내가 누구인지에 대한 영적인 표현이다.

My music is the spiritual expression of what I am.

존 콜트레인, 색소포니스트

음악에 관한 한,
자신에게 거짓말하지 말고
그저 진실만 말하라.

When it comes to music,
don't lie to yourself;
just tell yourself the truth.

아트 블래키, 드러머

재즈의 수련

글쓰기는 재즈와 같다.
배울 수는 있지만 가르칠 수는 없다.

Writing is like jazz.

It can be learned, but it can't be taught.

폴 데스몬드, 색소포니스트

음악을 듣고, 듣고,
또 듣는 것이 중요하다.
온종일 음악과 함께 먹고 자고 마셔라.

It's so important to listen to music,

to listen again and again.

Eat, sleep and drink music.

아르투로 산도발, 트럼페터

재즈를 공부할 때 가장 좋은 방법은
음반을 듣거나 라이브 음악을 듣는 것이다.
선생님을 찾아가는 게 아니다.
그저 최대한 많이 듣고
모든 것을 흡수해야 한다.

When you are studying jazz, the best thing to do is
listen to records or listen to live music.
It isn't as though you go to a teacher.
You just listen as much as you can
and absorb everything.

칼라 블레이, 피아니스트

재즈 밴드

자신의 악기만 알아서는 안 된다.

다른 악기들도 알아야 하고,

언제든지 그들을 받쳐 줄 줄도 알아야 한다.

그게 재즈다.

You not only have to know your own instrument,

you must know the others and

how to back them up at all times.

That's jazz.

오스카 피터슨, 피아니스트

재즈는 매우 민주적인 음악 형식이다.

이는 공동체적 경험으로 이루어진다.

우리는 각자의 악기를 가지고

집단적으로 아름다움을 창조한다.

Jazz is a very democratic musical form.

It comes out of a communal experience.

We take our respective instruments and

collectively create a thing of beauty.

맥스 로치, 드러머

재즈를 연주하는 한,

대화를 제외하고는 어떤 예술도

즉각적인 상호작용의 만족감을 주지 못한다.

As far as playing jazz,

no other art form, other than conversation,

can give the satisfaction of spontaneous interaction.

스탄 게츠, 색소포니스트

재즈의 기쁨

이건 너무 좋다. 불법이 틀림없다.

It's so nice, it must be illegal.

패츠 월러, 오르가니스트

노래하는 것보다 더 좋은 것은
더 많이 노래하는 것이다.

The only thing better than singing is
more singing.

엘라 피츠제럴드, 보컬리스트

재즈를 연주하는 것 자체가
재즈를 연주하는 것에 대한 보상이다.

The reward for playing jazz is
playing jazz.

존 루이스, 피아니스트

재즈의 영원성

재즈는 끝나지 않는다. 그저 계속될 뿐이다.

Jazz never ends··· it just continues.

소니 롤린스, 색소포니스트

참고자료

프롤로그

재즈기자, "엘라 피츠제럴드 "재즈란 무엇인가"", YouTube. 2021.7.22.
(Video)

윈턴 마살리스, 제프리 C. 워드, 《재즈 선언》, 황덕호 역, 포노, 2018.

1월

팀 하포드, 《메시(MESSY)》, 윤영삼 역, 위즈덤하우스, 2016, pp. 4~8.

James Lincoln Collier, "Jazz in the Jarrett Mode", The New York
Times, 1979.1.7, Section SM, p. 5.

Keith Jarrett, 《The Köln Concert: Original Transcription》, SCHOTT,
1991, p. 3.

Michael Jackson, "At Home with Keith Jarrett", DownBeat, 2023.3.21.

Frank Zervos and Ekkehard Wetzel, 〈Keith Jarrett - Der
amerikanische Jazzpianist im Porträt〉, 2007. (Documentary film)

Kolnconcertdoc, "Vera Brandes and Keith Jarrett Revelation about the
Köln Concert", Youtube, 2024.7.12. (Video)

Paul Gambaccini(Host), "For One Night Only Series 6. Keith Jarrett:
The Cologne Concert", BBC Radio, 2011.4.9. (Audio)

2월

테드 지오이아, "Mack the Knife", 《재즈를 듣다》, 강병철 역, 꿈꿀자유, pp. 440~442.

Brian Linehan's City Lights, "Ella Fitzgerald Interview 1974 Brian Linehan's City Lights", YouTube, 2016.6.7. (Video)

Giovanni Prins, "Ella Fitzgerald: Mack the Knife", Critique(s) of Violence, 2023.1.10.

Leon Nock, "Ella Fitzgerald: Ella in Berlin", JazzJournal, 2023.1.9.

3월

데이브 젤리, 《Nobody Else But Me: A Portrait of Stan Getz》, 류희성 역, 안나푸르나, 2019.

무라카미 하루키, 《포트레이트 인 재즈》, 김난주 역, 문학사상, 2013, p. 48.

Kenny Barron, Liner Notes(1991), 《People Time》, EmArcy, 1992.

Stan Getz, 《Stan Getz - Omnibook: for B-flat Instruments》, Hal Leonard, 2017, p. 2.

4월

Christopher Porter, "Mary Lou Williams & Cecil Taylor: Embraceable You?", JazzTimes, 2000.3.1.

Hollie I. West, "Jazz Duo, with a Note of Tension", The Washington Post, 1977.4.17.

Jakob Baekgaard, "Mary Lou Williams: Into the Zone of Music", AllAboutJazz, 2023.1.23.

John S. Wilson, "Jazz: Strange Double Piano Bill", The New York Times, 1977.4.19.

Linda Dahl, 《Morning Glory: A Biography of Mary Lou Williams》, Pantheon Books, 2000.

Scott Yanow, "Embraced Review", AllMusic.com, Date unknown.

5월

Bill Coss, Liner Notes, 《Jazz at Massey Hall》, Debut Records, 1953.

Jason Pugatch, 《Acting Is a Job: Real-Life Lessons About the Acting Business》, Skyhorse Publishing Company, 2006, p. 73.

John McLellan(Host), 〈Paul Desmond Interviews Charlie Parker〉, WHDH(Boston radio station), 1954. (Audio)

Stewart Hoffman, "Jazz at Massey Hall, May 15, 1953: The Fabled "Greatest Jazz Concert Ever"", Stewart Hoffman Music, 2017.9.5.

6월

피터 페팅거, 《빌 에반스: 재즈의 초상》, 황덕호 역, 을유문화사, 2004.

Scott LaFaro, 「Interview with Bill Evans by George Klabin 1966」, 《Scott LaFaro: Pieces Of Jade》, Harmonic Resonance Recordings, 2009. (Audio)

7월

버트 스턴, Liner Notes (Interview, 1999. 8), 〈한여름밤의 재즈〉, THE Blue, Blu-Ray, 2023.

왕가위·존 파워스, 《왕가위: 영화에 매혹되는 순간》, 성문영 역, 씨네21북스, 2018, p. 125.

Bert Stern, "Bert Stern Recalls A SUMMER'S DAY", Reel.com, 2000.6.

Kevin Hagopian, "Jazz on a Summer's Day", New York State Writers

Institute, Date unknown.

Michel Frizot, Ying-lung Su, 《Henri Cartier-Bresson, China, 1948-1949 | 1958》, Thames & Hudson, 2019.

spinenumbered, "Jazz on a Summer's Day (Bert Stern, 1959)", Make Mine Criterion, 2018.3.29.

Tom Reney, "Jazz on a Summer's Day: Bringing Jazz Into the Sun", JazzTimes, 2012.4.9.

8월

Ethan Iverson, "A Lifetime of Carla Bley", The New Yorker, 2018.5.13.

Frosty, "Pianist and Bandleader Carla Bley on a Life Devoted to Jazz", Red Bull Music Academy, 2017.8.15.

Ian Patterson, "Remembering Carla Bley: Jazz Innovator Extraordinaire", All About Jazz, 2023.10.25.

John Doran, "The Glorious Exclamation Mark: Carla Bley Interviewed", The Quietus, 2023.4.13.

Phillip Lutz, "A Duo, in Jazz in Love", The New York Times, 2015.8.8.

Thomas Venker, "Carla Bley: I Sometimes Feel I Should Wear A Sign on Stage Saying "She Wrote the Music."", KAPUT, 2019.4.25.

9월

Bob Blumenthal, Liner Notes (Interview with Antonio Carlos Jobim, 1995), 《Urubu》, Warner Brothers, 1975/1996.

Richard Harrington, "The Innate Tempo Of Shirley Horn", The Washington Post, 2005.10.21.

Walter Salles, 〈Antonio Carlos Jobim: An All-Star Tribute〉, 1995.

(Video)

10월

Jeff Krow, "Branford Marsalis – In My Solitude: Live at Grace Cathedral [TrackList follows] – Sony/Okeh", Audiophile Audition, 2014.10.26.

Rusty Aceves, "On the Record: Branford Marsalis' In My Solitude", SFJAZZ, 2014.11.19.

Stuart Nicholson, "Branford Marsalis: In My Solitude: Live at Grace Cathedral", Jazzwise, Date unknown.

"Branford Marsalis – In My Solitude: Live at Grace Cathedral", Marsalis Music, Date unknown.

11월

Lewis Porter, "Thelonious Monk and John Coltrane: Evidence", JazzTimes, 2021.5.10.

John Coltrane in Collaboration with Don DeMicheal, "Coltrane on Coltrane", DownBeat, 1960.9.29.

12월

이케다 다이사쿠·웨인 쇼터·허비 행콕, 《재즈와 불교 그리고 환희 찬 인생》, 중앙일보S, 2022.

존 스웨드, 《마일즈 데이비스: 거친 영혼의 속삭임》, 김현준 역, 을유문화사, 2005.

SafaJah, "Miles Davis According to Herbie Hancock", YouTube, 2014.3.9. (Video)

재즈가 너에게

2025년 3월 28일 초판 1쇄 발행
2025년 4월 8일 초판 2쇄 발행

지은이 김민주

펴낸이 김은경
편집 권정희, 한혜인
마케팅 박선영, 김하나
디자인 황주미
경영지원 이연정
펴낸곳 ㈜북스톤
주소 서울특별시 성동구 성수이로7길 30, 2층
대표전화 02-6463-7000
팩스 02-6499-1706
이메일 info@book-stone.co.kr
출판등록 2015년 1월 2일 제 2018-000078호

ⓒ 김민주
(저작권자와 맺은 특약에 따라 검인을 생략합니다)

ISBN 979-11-93063-89-7 (03800)

북스톤은 세상에 오래 남는 책을 만들고자 합니다. 이에 동참을 원하는 독자 여러
분의 아이디어와 원고를 기다리고 있습니다. 책으로 엮기를 원하는 기획이나 원고
가 있으신 분은 연락처와 함께 이메일 info@book-stone.co.kr로 보내주세요. 돌
에 새기듯, 오래 남는 지혜를 전하는 데 힘쓰겠습니다.